一个人的好天气

〔日〕青山七惠 著
竺家荣 译

上海译文出版社

图书在版编目（CIP）数据
一个人的好天气/（日）青山七惠著；竺家荣译.
—上海：上海译文出版社，2011.3（2025.6 重印）
（青山七惠作品系列）
ISBN 978-7-5327-5298-0

Ⅰ.①一… Ⅱ.①青…②竺… Ⅲ.①长篇小说—日本—现代 Ⅳ.①I313.45

中国版本图书馆 CIP 数据核字(2010)第 247761 号

HITORI BIYORI

First published in Japan in 2007 by Kawade Shobo Shinsha, Publishers
Simplified Chinese translation rights arranged with
Kawade Shobo Shinsha, Publishers
through Japan Foreign-Rights Centre/Bardon-Chinese Media Agency

图字：09—2007—576 号

一个人的好天气
ひとり日和

[日]青山七惠 著
竺家荣 译

出版统筹 赵武平
责任编辑 刘 玮
封面设计 友 雅

上海译文出版社有限公司出版、发行
网址：www.yiwen.com.cn
201101 上海市闵行区号景路159弄B座
江阴市机关印刷服务有限公司印刷

开本 787×960 1/32 印张5.5 插页 4 字数 48,000
2011 年 3 月第 1 版 2025 年 6 月第 24 次印刷

ISBN 978-7-5327-5298-0
定价：58.00元

本书如有质量问题，请与承印厂质量科联系，T：0510-86688678

春天

一个雨天，我来到了这个家。

有间屋子的门楣上摆着一排漂亮的镜框，里面全是猫的照片。再往屋里一看，从左面墙开始，隔过中间窗户，一直转到右面墙的一半，又挂了快一圈儿猫的照片，我懒得去数多少张了。照片有黑白的，也有彩色的；有的猫不理睬我，有的猫死盯着我。整个房间就像个佛龛，令人窒息。我呆呆地站在门口。

“这围脖真好看哪。”

身后有人抻我的针钩围脖，回头一看，一个小老太太正凑近围脖眯着眼睛细瞧着。

她拽了一下日光灯的灯绳，喀嚓一声，屋里立刻充满了白色的光线。随后她打开了窗户，窗外小院篱笆墙对面就是地铁站，中间只隔着一条小路。一阵轻柔的风夹着雨雾拂过我的面颊。

我俩默默无语地站在窗前，这时，随着“当——当——”的警报声，传来了车站的广播。

“电车进站了。”

老奶奶说道。她脸色苍白，加上一道道的皱纹，使我不由自主地后退了几步。

“你就住这间吧。”

老奶奶说完，就出去了。

看她那样儿也活不了多久，没准下星期就差不多了。

记得当时我心里就是这么想的。

来到这个家的时候，我没有自报姓名，我不好意思说。因为长这么大，我几乎没有主动告诉别人、别人也没有主动叫过我的名字。

出了小站，我照着母亲给我画的地图，故意慢慢地走。被雨雾打湿的头发贴在脸上。我穿着厚厚的毛开衫，裹紧了围巾，还是觉得冷。四月份都过了一半了，今年就没有一天是好天气。我在路边放下背包，打算找把折叠伞，可是包里衣服和化妆品塞得满满的，怎么也找不着。翻包时，还把硬塞在最上面的一堆纸巾散了一地。

妈妈画的地图就像把地图册复制下来似的，每一条小胡同都细细地标了出来。她还在地图下边，用她那初中生写的似的圆圆的字一笔一画注明路线顺序：先沿着北口的商店街一直走，然后在正骨院所在的街角向左拐等等，啰里啰嗦的。担心我吗？真寒碜人。我都二十岁了，妈妈还把我当成独自一个人就会害怕伤心的不懂事的孩子呢。妈妈准是在我睡了之后，在昏暗的客厅里写这些的，还自认为这就是母爱吧，我心里窃笑着。

我用拇指把因湿气而变得皱皱巴巴的信纸刮平。字迹已经模糊了，我又用手掌来回刮个几回，结果弄成了一片灰色。

今天早上，我和妈妈在新宿分的手。“注意身体啊。”她说着摸了摸我的头和肩膀。我不知道该看哪儿好，一边挠着屁股，一边“嗯、嗯”答应着。我们俩站在检票口前面，被进出站的人撞来撞去，还遭了白眼。我碰碰妈妈的胳膊，想换个不挡道的地方，她却忽地挺直了身子，装作没意识到我的动作，朝进站口的电子屏幕望去，好像要跟我说什么，我朝她摆摆手，像要甩掉她一般，说了声“加油啊”，就小跑着穿过检票口，下了楼梯，上了电车。电车开动之后，我还感受到背后妈妈投来的视线。

从车站出来，我和三个中年妇女擦肩而过。看样子她们是去超市买东西，里面穿着宽松的白色圆领衫，外面套了件有衬肩的外衣，都走到马路上去了，三人还是并肩走着。经过我身边时，飘过来一股浓浓的香水味。我并不讨厌这个味儿，人工的，香甜香甜的，是我怀念的那种气味。我突然觉得寂寞起来。我老是这样，刚刚还沉浸在怀念中，转瞬间就会觉得不安。她们三人都穿着拖鞋样的鞋子，看上去很舒适。无意中一转脸，瞧见旁边鞋铺里摆着好几双那样的鞋子。

从正骨院拐过去，又穿过几条胡同，走到尽头就是我要去的地方。油漆剥落的院门上吊着个小红筐，大概当邮箱用的吧。其实这房子就在车站站台尽头的对面，却得从商店街绕道走。沿站台也有一条路通过来，可有篱笆墙围着，不能直接从那儿进院子。

院门上没有挂名牌。进了院门有条小路通向后面的院子。大大小小光装了土的花盆占据了小路一半的面积。房子外墙也和院门一样油漆剥落，红黑掺杂，斑斑驳驳的。大门旁边有个灰色的水池台，上面堆放着几只水桶。另一边种着一株快顶到房檐的高大的山茶花，显得格外壮观。叶子被雨打湿了，绿油油的，粉红色大花点缀其间。山茶花这个季节开花呀，我心里暗想。

“真不想来这儿啊。”我怀着真情实感，把心里想的话说出了声。一旦说出声来，反倒感觉虚假了。其实怎么都无所谓。不是我想不想来的问题，妈妈叫我来，就来了呗。只要能在东京生活，怎么着都行啊。

带我参观了房间之后，老奶奶端出了茶，接着又是帮我打开先一步寄到的纸箱，又是帮我洗衣服、做饭、准备洗澡水。在老奶奶帮我打开纸箱的时候，我们有一搭没一搭地聊着天气啦、这一带的治安之类无关痛痒的话题。我没兴趣聊天。看着老奶奶从纸箱里把我的衣服一件件拿出来抻直了再叠起来的背影，我心里直琢磨，回头还得表示表示感谢吧。

话越来越少了，开始感觉不自在时，她离开了房间。我深深地吸了口气，仰起脸吐了出去，之后一直在房间里待到老奶奶叫我吃晚饭。

晚饭很简单，饭菜也做得很少。

“再来一碗吧?”

“哦，谢谢。”

我把碗递给她，她盛了满满一碗给我。

“能吃真是好啊。”

“哎。”我应了一声，接过饭碗吃起来，心想，再有点儿菜就好了。

“我也再来一碗。”

说着，她也给自己盛了满满一碗。我嚼着腌萝卜，又“哎”地应了一声。

“看电视吗?”

我目不转睛地盯着操作遥控器的那只布满皱纹的手。

“没什么好看的吧?”

她启动快速换台功能，转到最后一台是夜场棒球实况转播。老奶奶吃饭时根本不朝电视那儿看。兴许上了年纪的人，看画面不如听声音吧。

她吃饭很轻，没有吧唧吧唧嚼东西的声音。我不熟悉老年人的生活，不过我早就想好了，不管代沟有多大，我该怎么着还怎么着。没想到也差不了多少。甜点是自制的咖啡果冻。她把奶油挤成漩涡状的架势也蛮像那么回事。

饭后，我坐进了没有通电的被炉，心不在焉地看一会儿电视，再看一会儿老奶奶拿给我的书。头一晚住这儿，跟她说点儿什么好呢？我盯着打开的那页书，反反复复地看着同一行字。

我还没有从今天起要和这个人一起生活的意识。虽说是自己来这儿的，可是就像被寄托在邻居家、晚饭后该接走的孩子那样，老是觉得不自在。

电视里，解说员声嘶力竭地叫嚷着。

“知寿，你喜欢棒球？”

听到别人叫我的名字，吃了一惊。好久没人这么叫我了，多少有点儿心颤，还有种不快的预感。

“也不怎么看。”我不好意思地笑了笑。

“是吗？我还以为你很喜欢呢。”

说着，她就关了电视，从大围裙的兜里拿出毛线和棒针，织起一个圆圆的什么物件来。

果盘里堆着满满一盘小粉肠，我已经吃饱，可是受不了这样的沉闷，加上百无聊赖，只好又吃起来。嘴里咸得不得了。猫咪凑过来，她把吃进嘴里的一根“呸”地吐到手心里，让猫咪吃。

“不好意思，让你和我这老太婆一起过，我叫荻野吟子。”

她突然自我介绍起来，为不让这对话中断，我赶紧接过话茬回答：

“啊，我叫三田知寿。以后给您添麻烦了。”

“我先泡，行吗……”

“什么？”

“我喜欢泡头澡。”

“噢，请吧，请吧。”

“那我先去了。”

她刚一出屋，我马上就地一躺。看来她不太老古板，想到这儿，心情多少轻松了些。她这么热情招待我，我倒不自在了，还不如就把我当作吃家里闲饭的女儿呢。刚才一直强装的笑脸，现在还没松弛，我伸出双手使劲拍了拍自己的脸颊。刚才吃了一块小粉肠的那只黄猫咪，躲在角落里警觉地瞧着我。

听见浴室响起哗啦哗啦的水声后，我从厨房开始，一个一个打开我所能找到的抽屉。每个抽屉都没装满。洗碗池下面的抽屉里只放了两双长筷子。

地板下的储物箱里放着三大瓶自家腌制的梅子酒。红色的瓶盖上用黑色碳素笔写着平成七年[1]六月二十一日。

顺便走进她的房间——就在我的房间对面，茶色花格窗帘旁边，挂着一串褪了色的纸鹤。走近一看，好像是用广告纸之类的叠的。我用手拨弄了一下，落下不少灰尘。旁边有个小佛龛，我不想看。

在小衣柜上面，放着一只玻璃门橱柜。里面满满当当地摆着老式汽车模型和东京塔模型，还有其他城市的模型。最里面有个俄罗斯娃娃。叫什么名字我忘了，反正是娃娃中套娃娃那种。在苏维埃时代去苏联出差的叔叔曾经给我买过，所以有印象。

这就是老人的生活啊。我抱着胳膊环顾着四周时，听见浴室的门吱呀一声开了。我打开玻璃门，随便抓了一个最外面的小丑木偶，返回自己的房间。我在窗边等着看电车进站，一边摇晃手里的那个木偶，木偶的脑袋啪嗒一下掉了下来。

① 即一九九五年。

我趴在淡淡的草绿色的榻榻米上，鼻子贴近榻榻米使劲闻着，旁边已经铺好了干净的被褥。

我翻过身仰躺着，一张张看起门楣上那些猫咪的照片来，还给它们分别起了名字。三毛、小花、黑子、点点、黄咪咪、红鼻头、肥肥。数了数一共二十三张。这些猫的照片到底是怎么回事？刚才参观房子的时候，吃饭的时候，都没好意思问出口。

我闭上眼睛，想象着以后的日子。

“我和老太婆住一块儿了。”

“哦。”

阳平应声时眼睛不离电脑屏幕。他在跟电脑玩麻将，嘴里不停地冒出乱七八糟我根本听不懂的词，什么“混蛋”啦“哇——”的，一个人玩得还挺起劲。

两周前搬到吟子家后我们就一直没见面，可是看他的表情，好像刚刚才分开不久似的。从吟子家到这儿要倒三趟车，花一个半小时的时间，我一犯懒，来得也就少了。但是今天我能这样勤快，特意到这儿来，总该得到句表扬什么的吧。

“你干吗非得住这儿？”

不管我怎么给他捏背，按摩他的头，舔他的耳朵，阳平都没有反应。

“你觉得我特讨厌吧？”

“什么？”

他似乎烦透了，看都不看我。

“算了，我走了。老太婆等着我呢。”

我抓起包，使劲把门摔上，也没听到任何反应。我拿着手机等了一会儿，然后朝车站跑去，就像要逃离寒冷的春风、逃离挫败感似的。

走在通向车站的樱花行道树下，白色的花瓣飘落身上，我不禁烦躁起来。我不需要春天这样不上不下的季节。连晴天也让人觉得冷，就盼着夏天快点儿来。冬天完了就是夏天该多好。一听人家说樱花怎么怎么美，款冬花茎、菜花、新鲜的洋葱头怎么怎么好吃，我就来气。真想给他们一句“有什么可显摆的”。我才不会为这些个东西瞎激动呢。

又加上吃的花粉症的药，搞得我今天鼻干喉咙渴，就更烦了。我吸了吸鼻涕，闻到一股子血腥味。

跟阳平交朋友有两年半了，可我们从不出去约会，去年连生日礼物都没有互送。我们俩见面一般泡在屋子里，从没讨论过任何问题，也没吵过一次像样的架。说得好听一点，彼此的存在犹如空气。但实际上，我们互相都感觉对方是可有可无的，这跟空气有本质的区别。

我不知道为什么要分手，也不知道怎么分手，凭感觉这段恋情差不多走到头了。反正迟早要结束的话，就顺其自然吧，用不着自己去主动加快分手吧。

他是我高中的学长，现在在大学学系统工学。他对学习不怎么上心，整天在房间里跟电脑玩游戏。我常常对着他的后背看书或沉浸于空想。他玩得告一段落后，我们就会做爱。他是个不讲究技巧、精力旺盛的人。

差不多三次有一次我会拒绝他。

回到家时，吟子正在被炉前做刺绣活儿。她家被炉上盖的被子格外地厚实。满是毛球的驼色毛毯上有一层茶色的毛毯，上面又加了一层和服外衣似的红色羽绒被。

“我回来了。”

“啊，回来啦。”

吟子将滑落到鼻头的眼镜推回了原位。我努力掩饰着刚才在阳平那儿受的委屈，笑嘻嘻地把外套挂在墙上的衣钩上。

“吃羊羹吗?”

“哎，谢谢。”

吟子“嗨”一声使劲站起身来，把水壶放在炉子上后，左手扶着椅背，右手撑着腰，站在那儿半天没动地方。我也不由自主地站到她身边。洗碗池上方的小窗户正对着外面的小路，我看了半天没觉得有什么可看的，终于绷不住劲儿了，小声嘟囔了几句。

“看样子你事事不顺心哪。”

“你说什么呀。”

我懒得跟她解释，哈哈哈地笑几声糊弄过去。

吟子也呵呵地笑了。

厨房餐桌的一角放着一长条羊羹，一半露在刚打开的玻璃纸外面。

“我来切羊羹吧。”

“厨房炉灶上，开水自沸腾，无人理睬好悲伤。”

“什么呀？”

“这俳句不错吧。”

“你说什么呀？”

“这是我侄子上中学时，获学校三等奖的俳句。”

“厨房炉灶上……下面是什么？”

“厨房炉灶上，开水自沸腾，无人理睬好悲伤。”

“厨房炉灶上，开水自沸腾，无人理睬好悲伤。对吗？哈哈，还挺伤感的。”

我用水果刀切羊羹，像切年糕那样，切得薄薄的，每片都切得一样薄。忽然觉得心里舒坦多了。我想，不管什么事，照这样悄然果断地、不拖泥带水地作个了断就轻松了。

吟子还保持着刚才那个姿势。

她又瘦又小，柔软鬈曲的白发自然伸展到

肩头。

她系着土黄色的大围裙，腰杆总是挺得直直的，好比捏出来的有棱有角的寿司。大围裙兜里总装着钩针和沟鼠灰的毛线。那只黄猫时不时钻进那个兜里去。这只猫名叫黄毛，挺名副其实，是只小猫崽。还有一只叫黑子。两只猫没有任何血缘关系。

喝完茶，吟子又开始刺绣了。看来她总是白天刺绣，晚上编织。我凑过去一瞧，绣的是拖鞋。

“这不是拖鞋吗？”

“是啊。知寿说过喜欢这小兔子吧？”

我这才想起前几天吃晚饭时，好像是说过这话。这么说，她马上就去专卖店买来了米菲拖鞋，又特意在原来的兔子旁边绣上一只一模一样的兔子。

“一对儿？”

“啊？”

“是一对儿吧？”

“哎。”

她把绣好的右脚那只拿给我看，吟子绣的这只米菲比旁边那只瘦点，显得楚楚可怜。

“那些猫都是你养过的吗?”我壮着胆子问道。

“猫？什么猫?”

“我房间里的猫，照片上的。”

“哦，那些照片呀。那是彻罗基的房间。”

“什么?”

“那儿挂的都是彻罗基的照片。”

“就是死去的猫的意思?”

“怎么说呢，差不多吧。”

“……”

“它们的名字我都忘了。”

“都忘了？啊哈……”

“可悲吧。最早养的猫叫彻罗基，只记得这名字。是侄子捡回来的。”

我表面上嘻嘻哈哈地当笑话听，心里并不平静，感觉好像触到了某种阴郁的东西似的。

我以为岁数大的人爱早起，其实也不一定。吟子有时起得很晚。我早饭只吃奶油面包卷和红茶，从不动火做煎蛋或酱汤之类，也不准备吟子那份。不过，吟子早起的时候，向来都把我那份给做好。我起来后自己热热吃。吟子不用保鲜膜，总是用碟子盖在做好的菜上。每样菜都比妈妈做的淡，大酱汤都是用熟沙丁鱼干汤汁调味的。

得到吟子殷勤的招待就头一晚，后来她几乎什么都不管我了。有时候脏碗堆上两三天都不洗。她还懒得用吸尘器，地上到处都是猫毛。开始我还装看不见，前两天终于忍不住打扫起屋子来。她也没什么特别的表示，让我多少有些不快。原来她这么不在意我呀，越想越泄气。

她对小院也不怎么爱修整。蒲公英和一年蓬还算可爱，可那些不知何方神圣的杂草正从院子的犄角旮旯噌噌噌冒出来，到了夏天还不知长成啥样儿呢。我眼前同时浮现出了冬天枯黄的杂草覆盖了整个院落的情景。小院最里边，有棵金桂树，吟子将晾衣竿的一头拴在了那棵树上。

待在屋里时，电车声和车站广播声不绝于耳。快车或特快开过时，会震得玻璃门咔哒咔哒地摇晃，对这些我已经习惯了。对于自由职业者或老年人来说，这种程度的噪音还是必要的。早晨我站在檐廊上刷牙时，一手叉腰，目送过往的电车。和车里的人四目对视也是常有的事，我再一瞪眼，对方必定要移开目光。

吟子家能看到的是开往新宿的电车的最后一节车厢。这个小站只有一个检票口，又在另外那一头，所以，一般没有人走到这边来等车。篱笆墙与站台之间的小路只通到这家前面，常有不熟悉路的人走到这儿后，一脸困惑地环顾四周，再原道折返回去。

来这儿之前，我和妈妈一起生活。爸爸和妈妈在我五岁的时候离了婚。从那以后，我一直是跟妈妈两个人过的。我觉得自己没有爸爸，很可怜，一度想当不良少女，可不知道怎么当，只好放弃了。我想把自己的不快乐归咎于父母，又觉得跟他们什么也说不清，怕烦，于是就这样稀里糊涂地度过了青春期。

我和去福冈工作的爸爸快有两年没见了。要是他来看我，我没意见，可我不打算特意去看他。

妈妈在私立中学教国语，所以这次才会去中国。听说是教师互换留学之类。

妈妈去中国这事儿是去年年底提起来的，连我也受到了邀请。高中毕业后我一直到处打工。

“你想不想去?”妈妈一边咬着一块刚刚剥掉锡纸的巧克力，一边问我。

“不想。”

“一块儿去吧。”

“才不去呢。”

“你一个人怎么行?”

“我想去东京，找份工作。”

说完，自己又觉得不好意思，将水壶里的开水倒进了马克杯里。

“顺序反了。”妈妈说着把速溶咖啡递给我，“埼玉和东京差不了多少。”

“差多了。”

“从这儿也能去东京上班呀。”

“花两小时坐车？受不了。”

“怎么现在想要去东京啊？”

“就要去。”

“像你这样什么都不懂的乡下人，就算去了东京，到头来也得筋疲力尽地回来。物价啦、房租啦，可贵了。”

“你刚才不是说差不多吗？反正我要去。不管妈妈去不去中国，我本来就打算今年去东京的，这不正合适吗。我都成人了，也不用你这么唠里唠叨了。”

我一口气说完，眼睛一眨不眨地盯着妈妈。她沉吟了片刻，开口道：

“你这孩子，也太天真了。”

见我没反驳什么，妈妈像是占了上风似的咔嘣咬了一口巧克力。我不以为然地挠起了耳朵后头。

“那我也直说了吧，你要是不跟我去的话，就得打工养活自己或者去上大学吧。妈妈只能尽可能帮你了。”

“什么？干吗上大学……”

“这是条件哪。你要是去上大学，我可以资助你一些。”

我不想学习，于是干脆地回答：“那我就打工养活自己。”妈妈继续数落了好一会儿，我一直不吭气。妈妈见状，只好说了句：“什么时候你改主意了，我也不会拦着你的。”结束了这个话题。最后，她对我说：“我认识一个在东京市内有个独门独院的人。我只能先给你介绍这么个住处了。”她说话的口气完全像个站前的房屋中介。这是做母亲的对孩子的爱呢？还是远程遥控呢？对于妈妈来说已经算是尽力了吧。我思忖着喝了口温吞的咖啡。

“这位舅妈，我也是年轻时见过几面，不过，她在金泽的亲戚中还是挺有名的。去东京的女孩们都在她那儿落脚呢。”

“怎么着，她算东京的妈妈？”

“做父母的不是也担心吗？冷不丁的把孩子撒到大城市去，而且又费钱。舅妈人很好，还不爱唠叨。现在她也老了。”

“老太太一个人住？”

"是啊。听说年轻时就死了丈夫。"

"妈妈怎么没去住过?"

"说起来，妈妈刚来东京的时候，是打算去她家住的，所以就去拜访她，可是嫌她家猫味儿太大，就住到你爸家去了。"

"她家猫味儿大？嘿。"

"感觉那时候她挺盼着我去住的呢。舅妈一个人也挺寂寞的，不是正合适吗。我先跟她联系一下。"

"这么突然去，太打扰了吧?"

"打扰也得去啊。再说又是亲戚，我每年都给她寄贺年片。去年还给她寄过薄脆饼呢。你记不记得，名古屋的叔叔给我们寄来过一大包墨鱼薄脆饼？就是那次我给舅妈寄过一些。"

妈妈起身去找电话本。我把刚才妈妈手边的报纸抻过来，想要看看电视节目栏，却把掉在上面的巧克力渣撒在桌子上，于是赶紧用手抹到妈妈的椅子上。

第二天，打完工查看手机，就看到妈妈来了短信："舅妈说，可以来住。"我回复："那就去住。"我知道在东京租公寓得几十万，还要跟房东打交道，交煤气费、水费，麻烦得很。当然，妈妈这么做也有妈妈的想法，也许是想由女儿来继续履行自己当年背弃的同住约定，清算快要忘却的罪恶感吧。

妈妈的这位舅妈是我姥姥的弟媳妇，据说七十多岁了。我搞不清楚我该称呼她什么。

由于妈妈一直管她叫舅妈，所以我是后来才知道她叫吟子的。

"你妈妈说你要上大学？"

被吟子这么一问，我不由一怔。吟子手托着老花镜的镜腿，在看信。妈妈的字饱满而有劲，透过信纸背面都看得见。

在这儿过了一个月才收到妈妈的第一封航空信。我去区公所办完居民证迁移手续回来，从门上挂的小红筐里翻出来的，它混在必胜客广告和《区政报道》中。

"你妈妈信上这么写的。"

“是吗……”

“你在学习吗？”

“没有。”

“不学习？”

“不学习。”

妈妈写给我的信扔在餐桌角上。对话像是被电视画面吸进去了。电视上正介绍筑地市场一家又便宜又新鲜的寿司店。我和吟子刚才就在看了。

“啊，我想吃寿司。吟子喜欢吃寿司吗？”

“喜欢哪。可有日子没吃了。”

“去不去这店，明天？”

“明天？”

“说是早上七点开门。”

“得起那么早……”

吟子磨磨叽叽的。她好像不大愿意去陌生地方。

“嫌远？”

“倒也不是。”

“那，还是觉得七点早了点儿？”

吟子咬着软煎饼否认说倒也不是，可就是不说去还是不去，我以为她还要补一句什么，直愣愣地瞅着她等着下文，谁知对话早就结束了。

两人在一起没话可说，对我简直是个负担。沉默时间太长的话，我总觉得过意不去。吃完饭，简单聊上几句后受不了沉默时，我会离开饭桌去看电视，并做出很专注的样子目不转睛地看，或者装困躺倒等等。

“我该去打工了。”

我装作精神百倍地站起来，作出门的准备。

来这里的第二天，我在一家钟点工派遣公司登记后得到一份工作，干得很投入。懒得去见阳平也归因于它。又两个星期没和他见面了，倒也不觉得寂寞。

这活儿两小时八千日元。在宴会上给大叔斟斟酒、盛盛沙拉什么的。我想多挣点钱。到了来年春天，没准能存上一百万呢。比起阳平的事来，想象存折上的数字，更使我兴奋得合不上嘴。

今天的宴会是七点开始。就是说五点半要在调布的事务所集合，着装、化妆后开碰头会并布置会场。我没有对吟子说具体打什么工，老年人听不懂这种新词，只跟她说是洗盘子之类的活儿。用她听得懂的话告诉她干什么的话，又怕她以为是不三不四的工作。每件事都解释太麻烦，反正存够了钱，早晚要搬出去的。在之前，还是多一事不如少一事的好。

猫咪们怎么也不愿意亲近我。

黑子是只杂种黑斑猫，蛇皮似的毛很有光泽。黄褐色的眼珠，漂亮的尾巴，浑身有股子野性。它时不时抓只老鼠来，在人面前把老鼠折磨死。吟子最多呵斥一声，挥挥手赶一下黑子了事。被折磨死的老鼠就那么扔在榻榻米上，我看不下去，就赶在吃晚饭前把它埋在院子角落里。其实我很不情愿干这事，故意装作没看见，可最后去埋的还得是我。“老鼠死啦。”我斜眼瞪着她，倒觉着自己占了上风。可是，以前这活儿是谁干呢？黑子是不可能自己打扫的。那么就是吟子自己好歹处理掉的喽。埋只死老鼠倒没什么，但是用纸巾包裹它那沾满褐色血迹的身子的一瞬间，我手臂上要刷地起一片鸡皮疙瘩，上年岁的人想必更加敏感吧。

另外那只黄毛，颜色淡淡的，毛茸茸的，脖子上系了一个铃铛。因为这是只猫崽，所以吟子高兴的时候，就会把它塞进大围裙兜里。听见大围裙兜里传出细声细气的喵喵声，我总觉得那猫咪多半不太愿意待在里头的，可又懒得提醒她，只远远地同情一下算了。

这两只猫早晚也会成为我房间里那些彻罗基中的一员，成为被挂在墙上的照片之一吧。

一起生活才一个月多一点，我就发现这个老太婆有点冷酷。虽说让金泽来的姑娘们在她家寄宿，可现在她又记得她们中的几人呢？一想到自己也会成为她们中的一个被遗忘，就不由感到人生很虚无。唉，老年人真让人琢磨不透。刚要叹气，转念一想，我才无所谓呢，于是又把叹息憋了回去。

像吟子这样柔弱的老太婆怎么看我没什么大不了的。到了她那把年纪，也许只剩下粗线条的情感了吧，我茫然地想着。

五月下旬，暖和的天气持续了一段时间，到了月底突然下起了雨。我一直对春天喜欢不起来，就是因为它太黏糊了，感觉特别不爽。恰在这时候，吟子也病了，在床上躺了一天。

“难受吗？”我端坐在枕边问道。

“还好。”

“要不，去看看医生？”

“不用，不碍事。”

“医生能出诊吗？打电话问问？”

“……”

“药吃了吗？”

“没吃。”

“有没有常备药？或者医生平时给开的药？”

“把大葱绕在脖子上就行，不用吃这吃那的，葱能治病。”

怪不得屋子里一股大葱味儿。我偷偷瞅了瞅，发现生葱被捣碎后裹在毛巾里绕在她的脖子上。

“嘿，没见过……”

吟子似乎嫌我多事，不再搭理我。我心里很不安。这个人说不定真的会死呢。怎么照料生病的老人，我是一点点经验都没有。

那天晚上，我决定每小时去巡视一次。从隔扇缝隙往里看，勉强能听到均匀的呼吸声。屋子里仍然飘散着大葱味儿，还掺杂着一股从来没闻到过的气味，这就是所谓病人的气味吧。

夜里三点，等眼睛充分适应了黑暗之后，我悄悄地坐在她的枕边，想确认她是不是真的睡着了。我把手伸到她的脸前，感觉到潮乎乎的鼻息。

我站起身，凑近衣柜上方的那只玻璃柜朝里面扫视。都是些不值钱的东西，不过对于这个老太婆来说可能有意义吧。临走，我打开吟子枕边的一只带镜子的小藤柜，伸手进去摸了摸，除了纸和凉凉的塑料之外，触到了一只手感很好的布盒子，就轻轻把它拿了出来。吟子还在沉沉地睡着。

我打开洗碗池上边的电灯，接了杯水喝。嘴角溢出的水一直淌到了睡衣的前襟。外面还在下雨，我闭上眼睛倾听下雨的声音，不知怎么想起了在电视上看到过的恐怖电影，竟然哆嗦了起来。

为了把注意力从幽灵上面移开，我拿起刚才那只小盒子对着灯看起来。这是只绿色平绒小盒。正中间用白丝线绣了一朵小小的玫瑰。打开一看，里面有条项链。虽然镶嵌着细小的绿宝石，但在洗碗池的荧光灯下稍显廉价。我戴到脖子上试了试，觉得很别扭，就放回盒子里。正要回房间，发现洗碗池边放着两只杯子，心想，原来她还能走到这里来喝水。又顺手打开电饭锅一看，还有昨天剩的竹笋饭，就用保鲜膜包起来放进冰箱。

回房间后，我从壁橱里拿出鞋盒子，把这只装项链的小盒放了进去，就放在第一天晚上拿的那个掉了脑袋的小丑旁边。其他还有铅笔啦、小鸭夹子啦，全是些可有可无的东西百无聊赖地待在里面。

从小我就有爱拿人家东西的毛病。

当然，我没有胆子偷商场的东西，一般是偷周围人的小玩意儿来丰富自己的收藏，这成为我小小年纪的最大快感。我收集的不是铅笔盒或者运动鞋之类的东西，而是橡皮啦、彩笔啦、小夹子啦等等微不足道的小物件。我以拍纪念照的心情，把掉在地上或者人家放在课桌里的这些小东西悄悄塞进校服兜里。我认为这不算偷，是回收，我靠这么想来消除罪恶感。没有人觉察更使我快感大增。同时，也觉得有气，怎么大家都这么不注意自己的东西呢？

直到现在我还常常会犯这个毛病。

我把收集来的这些破烂放进空鞋盒里收起来。现在，房间的壁橱里有三只这样的鞋盒子。

偶尔我会翻看这些鞋盒子，沉浸在回忆中。想起东西原来的主人和我的关系，我会时而伤心落泪，时而吃吃笑起来。拿起其中任何一件摆弄，都会感到安心。

然而，欣赏完了之后，我又会骂自己是小偷，没出息、寒碜死了，陷入自我厌恶。每经过这么一次，就感觉自己的脸皮厚了一层。不管别人说什么，我都要不为所动，做我自己。

这么做就是为了训练自己，我一边盖上鞋盒子，一边对自己说。

吟子躺了三天，第四天早上恢复了精神，我心里一块石头落了地。我甚至还想过，就因为住在一块儿，难道自己就得为她安排葬礼，准备大花圈吗？

星期日是个晴天，气温二十八度。能穿短袖出门了，阴郁的春天彻底过去了，真让我高兴。高兴之余，我趁着打工之前的空闲时间去找阳平，有好久没去他那儿了。我用另配的钥匙打开门，看见一个不认识的女孩子穿着内衣坐在他腿边。

“哎哟哎哟。”

我吃惊得不知该说什么了。

“哎哟哎哟。”

看着两个女孩这样不期而遇，穿着脏兮兮的无袖衫的阳平，傻瓜似的学着我说。尽管在这种尴尬的场合，他那晒得黑黝黝的胳膊，还是那么吸引我。

女孩子头发蓬松有型，丰满的脸庞认真化过妆。而我呢，因为晚上要重新化妆，所以素面朝天，绾了个松松垮垮的发髻，随便穿了一件旧T恤衫。

这能算是分手的理由吗？那个女孩子不好意思地低着头。

“真没想到。”阳平嘿嘿傻笑。

“太差劲了。”

说完，我就出来了。一瞬间感觉全身都麻木了。恋爱就这么结束了吗？难道就是我所期待的顺其自然吗？虽然我那么说他，可仔细想想，他也不像我说的那么差劲。我既没有悲伤，也没有憎恨。就好比期末考试结束后，往家走时的心情。

去车站的途中，我停下脚步，打量起周围的行人来，差不多都是一对一对，或一家子一家子的。前面走着的那对穿制服的情侣，挽着胳膊，紧紧地挨着，连空气似乎都没有通过的缝隙。我在花坛边坐下，故意挑衅地盯着他们瞧，可他们并没朝我看。

我无法想象别人的恋爱情感。其他人是在什么样的感情基础上结合、保持下去的，对我是个难解的谜。我感觉得到，至少我以前所做的和我眼前走过的这些人是不大一样的。怎么做才能将恋爱初期的愉快感觉保持下去呢？有没有可能不是因为惰性才长久在一起呢？

和上次来这边时不一样，樱花行道树下面没有了扫成堆的白花瓣；抬头望去，透过新长出的绿叶能看见天空。阳光太晃眼，看不清楚天空究竟是蓝的还是白的。天气太清爽了，清爽得快要得荨麻疹了。我宁愿将全身曝露在仿佛要毫不留情夺走皮肤脂肪的严冬的寒风中，也不要这样的风和日丽。

人们不停地从我面前走过，没有人朝我看，他们看起来就像一张铅笔画，要乘着微风飘然而去似的。这张看似平常的纸片却不知不觉中划破了我的皮肤。我叹了口气，抱紧胳膊，低头快步走向车站。

今天的宴会会场是日暮里一家饭店的宴会厅。我穿上发给我的低俗的粉红色套裙，盘起头发，涂上和套装同样颜色的口红，迎接大叔们。这些人也都是经过恋爱、结婚，组成了家庭的吧。我站在大厅角落发呆时，前辈薮冢走到我身边，她将长发绾成漂亮的晚装发式，穿着镶有漂亮金扣子的白色裤套装，非常漂亮。

“你怎么了？过来呀。”

“哎……”

“胸针歪了。”

我胸前戴着一枚玫瑰花形状的胸针。高个子的薮冢半蹲着给我戴正。

“薮冢姐。”

“什么事？”

“恋爱该怎么谈呢？”

“讨厌，说什么哪。快点儿过来，工作工作。”

我被她拽着加入了大叔们的聚会。等他们都喝得醉醺醺之后，我离开餐桌，去装了几盘子沙拉，给他们送过去。

和吟子吃饭时，我把这件事跟她说了。

“我男朋友……”

只要不在乎别人怎么想，就什么都想跟别人说。可是，在只有吃饭声音的时候说这事，还是觉得有点不是时候。

“他跟别人上床。”

“什么?”吟子正嚼着煮芋头块。看她这样，这点事似乎不值得特意提起，于是，我也闷头吃起芋头来。

吟子做的菜都特别淡，不过瘾。我正是能吃的时候，想吃更有滋有味的食物，想吃奶汁烤菜、烤肉、烟肉蛋意粉什么的，不是这些萝卜干啦、鱼干的。

“今天有甜点吗?”

“嗯?”

“今天，有，甜点吗?”

“没有啊，什么甜点?”

“刚才的苹果……”

“哦，那个还不能吃。”

“为什么?”

“不放一晚上，不好吃啊。”

吃完碗里的饭，我去厨房看苹果。吟子把煮东西的锅从火上端下来后必定用毛巾给裹上。她说，用毛巾包裹的话，到第二天早上都是热乎的，而且还入味儿。打开盖，橘红色毛巾包裹的锅里，温乎乎、软塌塌的苹果片泡在糖水里，泛着光泽，甜香四溢。阳平腿边的那个女孩，不知叫什么名字。在那间又暗又脏的房间里，充满这样芳香的气味，才滑稽呢。反正阳平是个笨蛋。想找个做爱的对象还不有的是，干吗找我？我也是，这两年半为什么非得跟他呢？

我捏出一片苹果，使劲闻起来。贴在鼻尖上的苹果还是温温的。

吟子参加了公民会馆交际舞班，一到星期四就兴致勃勃地打扮起来，化了妆出门去。当然不穿大围裙。按说应该夸赞她一番，可我却直咂舌。心想，都这岁数了，心还不老啊。

吟子总是叫我去看她跳舞，还说特别有意思。偶尔我也想表示一下关心，就去了，没看见吟子，她和一个老爷爷不知去了哪儿。

在缓缓移动舞步的打扮得体的老人中间，我无事可做。

加上失恋，我想换换心情，就去把头发剪了。剪成走路飞快的小学生那样的短发，结果模样一下子变得粗犷了。我想要吓唬吓唬吟子，就“哇”地大叫一声，疯疯癫癫地跑进了厨房。厨房里有个不认识的老人正拿着玻璃杯喝绿茶。他看见我，发出一声惊叫，呛了一口茶。

“对不起……”

我很不好意思，手足无措地“这个、那个”乱说一通。我两手交叉在腹部，眼睛不知道往哪儿看好，这时，吟子进了屋。

“哟，头发剪了？”

“嗯。那个，好像把他吓着了。”

我指了一下还在一个劲儿咳嗽的老人。

“怎么回事？你对芳介干什么了？”

“我还以为是吟子呢……对不起。”

“没关系，没关系。”那个叫做“芳介”的强作笑脸说。吟子温柔地给他捶背。

“真是对不起了。”

我回到自己房间里。他们俩是朋友？是舞伴？还是黄昏恋？我洗完黏糊糊的脚，坐在面对车站的檐廊上剪指甲时，听见他们俩出门了。我戴上耳麦，使劲摇晃起脑袋来。又闭上眼睛摇晃双臂。摇晃脑袋时没有头发跟着动的感觉很新鲜。摇晃得开始难受的时候，发觉有动静，睁眼一看，吟子瘦小的脚站在我身边。抬起头，瞧见吟子的表情怪怪的。

“你在这儿干什么呀？”

“那个……”

吟子站在檐廊上，望着车站的方向。

“刚才的老爷爷走了吗？”

“现在就走。瞧，来了。”

吟子挥着手。站台那边，那个老人也挥着手。我也坐正了，朝他行了个礼。这情景怎么跟三途河①的此岸与彼岸似的呀。我瞎想着，视野还在晃晃荡荡。

---

① 传说中生界与死界的分界线。

两个人还在没完没了地挥手告别。看着不禁让人担忧，以为他俩得了老年痴呆了呢。

院子里的杂草迫近檐廊下面了，就像巧克力薄荷冰激凌那样，绿色中夹杂着点点褐色的地面。

夏天

我渐渐习惯了一周去做三次女招待，干活的欲望也更强了。进入六月，我又找了份新的活儿：在笹冢站的小卖店卖东西，基本上每周做满五次后换一班。

我当班的时间是从早上六点到十一点的五个小时。教我的阿姨据说腰受伤了，教会我之后马上不干。这阿姨话特别多，我只得不停地点头，重复提问、领会、厌倦这一过程。“要是你自己一个人可没这么清闲，趁我在赶紧学会了”等等，一天起码得说上两遍，听得头都大了。我没跟她说我住哪儿，也没说为什么来干这个活儿。说这些还不如赶快学会这儿的活儿，好自己一个人落个清静。

我害怕早起，不过，现在习惯了。夏天的早晨特别好。五点半从家里出来时，天已经亮了，空气特别清新，几乎没有人等车。我吹着口哨，连蹦带跳地走到车站的另一端。

刚入夏时，好比布鲁纳①的绘画一般，世界的色彩鲜艳而单纯。每天都是艳阳高照。人们的穿着五彩缤纷，上班族也脱下了外衣，满街往来穿梭的净是穿白衬衫或蓝衬衫的人。高峰时段的车站简直就是五颜六色的洪流，看着眼晕。面对即将到来的梅雨，将暑热最大限度地积存起来的感觉妙不可言。不停地擦去发际流出的汗珠子，鞋里、内衣里逐渐闷热起来的感觉一点一点在复苏。

我干活的小卖店在车站的正中央，背朝高楼林立的新宿方向。每天来买报纸、口香糖、瓶装茶的人络绎不绝。我记性好，顾客递给我什么，我差不多都能同时背出价格来。上货也很麻利。就连天蓝

---

① Dick Bruna（1927－ ），荷兰插图作家。

色的围裙都特别适合我。看着每天同一时间来买同一种茶的大叔、等车时快速化妆的女人，我会出神地想，原来工作就是这样的啊。

我渐渐能分辨那些站务员了。管事的那人好像叫一条，每天早上都站在站台的最前头，他的帽子也戴得特有派。从第一天上班，他就很关照我这个新来的，每天必定跟我打招呼。虽说是中年人，可不管什么时候看到他，都是那么整洁利索。另外还有几个年轻的临时工。

吟子来探过一次班。那是高峰过后的空闲时间，我正望着站台那头一条的站姿发呆，脑子里正漫天空想着要是家里有个这样的父亲会是什么样之类，吟子突然出现在我面前。

“哎呀，吟子呀。你怎么来了?”

“来看看。”

“有什么可看的，真是的。”

“真是勤劳少女呀。”

“还行吧?”

吟子买了两本杂志走了。她下了楼梯，去了反方向的站台。我走出小卖店向她挥手。车来了，启动时，我又向她挥了下手。

那天，下班回家后，吟子正在厨房给猫刷毛。天气很热，她仍旧套着大围裙，只是换了件适合夏天的淡蓝色的。我不在家的时候，那个老爷爷好像又来了，水池里有雕花玻璃杯和两个沾着黄豆面的盘子，也许吃的是蕨菜年糕吧。

我从冰箱里拿出雪糕，跪在椅子上吃起来。

吃完后我开口问吟子："你在恋爱？"

"恋爱？"

"是啊。恋爱，恋爱。"

吟子笑盈盈的。

"知寿有喜欢的人了吗？"

"我问的是你呀。"

"不对，不对。"

"我问的是你呀。是吧？"

"什么呀。"

"恋爱，你不懂？"

吟子呵呵地笑起来。

“你一生中，有没有难忘的人？”

“难忘的人？”

“跟我说说吧。”

在我的死乞白赖之下，她微笑着讲了起来。刷子上沾着的猫毛像羽毛扇子似的在飘动。

她告诉我，很久以前，她和一个台湾人坠入了情网。

那是年轻时的、没有结果的恋情。

“他很温柔，个子很高，眼睛滴溜溜地转，是个好人。从台湾来日本的，日语非常好。我很想跟他结婚，可是家里人都反对，后来他就回去了。我那时候整天地哭，非常憎恨这个世界，我好像把一辈子的恨都用光了。”

“一辈子的恨是什么样的？”

“我不会再恨什么了。”

“怎么把它用光了的？”

“忘喽。”

“我想趁现在把空虚都用光，老了就不会再空虚了。”

“知寿，可不能在年轻时都用光了，要是只留下愉快的事，上了年纪，就怕死了。”

“会怕死吗?”

“是啊，怕死呀。什么年龄的人都害怕难过和痛苦的。”

看着眼前手里摇晃着沾满猫毛的刷子的吟子，我真想象不出当年因失恋而整天哭泣、憎恨这个世界的吟子是什么样子。

我还没有打从心底里感到伤心或憎恨过什么，所以，也不知道伤心或憎恨会成为什么样的回忆。我只是茫然地觉得离这种体验还很遥远。

可能的话，我还是愿意永远这么年轻，不经受世事磨难，静静地生活下去，当然这是不可能的。我自认为自己是有受苦的精神准备的。我想做一个像样的人，度过一个像样的人生；想尽量锻炼自己的肌肤，成为一个能够经受任何磨难的人。

对于将来的梦想，以及刻骨铭心的恋爱等等，即便描绘不出来，我也朦朦胧胧怀有这样的期待的。

吟子好像的确是和那个老爷爷谈恋爱呢。吟子开始化妆了。她面色白皙，粉红色的口红很适合她。头发盘得很地道。最近她终于不穿大围裙，改穿短袖花上衣了。老奶奶这个年纪流行什么我是外行，但是看得出来，她很投入。即使一天哪儿也不去，她也要化妆一番。我呢，进入梅雨季节后，每天下大雨，我的心情也随之阴郁起来，人变得刻薄而无耻。我常常肆无忌惮地盯着打扮得漂漂亮亮的吟子看，直到她意识到后奇怪地看我，我才开口说：

“也没有人看，干吗花那么大工夫啊？”

“不好吗，打扮打扮？”

“嗯，吟子很漂亮。”

“是吗……”

有时候，我会被自己的褊狭和乖张牵着跑。我经常故意穿着吊带衫和热裤在她眼前晃来晃去，向她展示自己富有弹性的皮肤，可是却感受不到多大的优越感。吟子越是努力，不知为什么我越是泄气。我是想要全力阻止她变得越来越漂亮。吟子似乎察觉到了我的这种心态，便改在我睡觉或者出门的时候打扮。等我走进起居室时，她若无其事地在喝咖啡，好像原本就是这样打扮的一样。

“真年轻啊。”

“我吗?”

“嗯，年轻。比我年轻多了。好羡慕啊。”

“瞎说什么呢?”吟子微微绷起了脸，好像听出我在嘲讽。我觉得有些过意不去，但同时更刺激了施虐的欲望。

“那个芳介跟你什么关系？舞伴?”

“对。舞伴。”

“他会跳舞？走路晃晃悠悠的，头发乱蓬蓬的。”

“跳得很不错呢。”

“噢，两个独身，手拉手，真浪漫哪。”

“芳介很亲切的。”

“是吗？哪儿亲切呀？对我可冷淡得很哪。”

“他是古板的人，年轻人太晃眼了。”

“我吗？晃眼？这么回事啊。年轻人，哈哈

哈……”

尽管年龄有差距，但毕竟都是女人。在敌对心理和连带感相混杂之处，我们俩目光碰到了一起。

纱门发出响声，吟子说了声“啊，毛巾”，站了起来。我打开纱门，把趴在门上的湿漉漉的黑子放进来，然后用吟子扔给我的毛巾给它擦拭，檐廊溅起的雨滴弄湿了我的膝盖。

早上醒来后，有种焕然一新的感觉，床单潮湿得不行，身子也懒懒的，却充满良好的预感。吟子还没有起床，我坐在静静的檐廊上啃面包，一切将要从头开始的预感更加强烈了。持续了三个星期的阴郁梅雨终于结束了，今天我就是给热醒的。

我心情很好，把面包渣撒给麻雀们时，吟子掐了一下我的屁股。她上着发卷，穿着小碎花的晨衣。

“早上好。”

“哟，怎么穿了件少女睡衣呀。”

吟子呵呵地笑着去了厨房。有个发卷松了，掉在榻榻米上。我捡起来，使劲朝站台方向扔过去，发卷从空中轻飘飘地落下来，掉在了距离檐廊只有两三步远的地方。

走到大街上，没有人亲切地抚摸我，身体仿佛被净化了。在人群中闭上眼睛，仿佛只有自己变成了透明体，人们不停地从我身体中穿过去。手指、头发都是只为自己才洗干净的。街上的绿色更鲜亮，空气更充足了，人们的穿着也越来越薄了。每当我洗完澡，往脸上擦面霜时，也开始特别地想让谁来闻闻这个香味了。日子这样持续着，一天，我恋爱了。

他也在笹冢站工作，是对面站台的都营新宿线的协理员，负责将乘客推进车门。他穿着十分合体的白色短袖衬衫，英姿飒爽。高高的个子，表情腼腆，蘑菇头，肤色白皙，微微有点溜肩。他有个习惯动作，总爱摘掉帽子，潇洒地单手向后一捋头发，再戴上帽子。

和他擦肩而过时，我溜了一眼他胸前的胸卡，知道了他姓“藤田”。每当电车门关闭之前，他举起手飞快地说着什么，朝前面的车厢方向看时，正好朝着我这边，我的心就会怦怦直跳。有一次真的和他对上了目光，我微笑着点了下头，他也大大方方地笑了一下。

我开始认真化好妆去上班了，站得也比以前直了。每当高峰过后，一到九点十五分，藤田和同伴们就会结束工作，从小卖店后面的楼梯走下去。在他当班时，只要一有空闲，我就直勾勾地朝他看。为把那些男男女女推进车内，他在站台上走来走去，远远望着他的背影，我发觉，我恋爱了。

“你觉不觉得站务员和以前的士兵很像？”

“根本不像。”吟子一边用筷子切开凉拌豆腐，一边答道。

“他们的帽子和制服好帅啊。”

“……”

“个儿高的人穿上笔挺的白衬衫，帅呆了。”

“真的？”

“再戴上帽子和白手套，太有型了。”

“……”

“……”

和吟子面对面吃饭时，我总觉得自己的岁数倒比她大得多。

在活到了这个岁数的人面前，恍忽觉得对方不会再继续老化，只有自己朝着前方的苍老飞速地坠落下去。当我在串加级鱼的时候，在剥柚子的时候，我都会不由得焦急起来。

“那家超市……”

饭后吃甜点时，吟子忽然说道。我一手拿一根红豆棒冰，交替吃着。电视里正播着中年人化妆讲座。皮肤光滑的女讲师正在给阿姨们化妆。

“什么？”

“听说车站对面要盖间超市。”

“真的？”

“知寿，去不去？”

“哪天开张？”

“说是下下周。”

“下下周啊……活得到吗？哦，说的是我。”

“我也是啊。”

“照这么热下去的话，够呛。”

“可不是嘛。”

我被画面中的阿姨那张脸吸引了。是一张上了年纪的脸，眼袋下垂，眉毛稀疏，黯淡的嘴唇四周净是皱纹。随着女讲师纤细手指的移动，脸上有了颜色和光泽，勾勒出了清晰的轮廓。似乎是她的本来面貌回来了，又似乎反而更远去了。最后阿姨在白色聚光灯照耀下微笑亮相，接受大家的鼓掌。她们变得漂亮了，电视里的每一个人都心满意足。

“吟子也想变成这样吗？我来给你化妆吧。”

“我不用。”

“这都是骗人的。大家都在拍手，真可怜哪。这个人简直成了小丑了。”

吟子将红豆棒冰贴着薄嘴唇，小声笑起来。她那和善的笑容，每次都刺激我的坏心眼。

“那个老爷爷最近没来？”

“你问芳介？”

“嗯。”

“没来。”

“哎哟，怎么回事？”

“大概忙吧。”

“哦。”

没准她失恋了吧，我感到一种微妙的惬意。正在我得意的工夫，吟子破天荒地扬起眉毛，瞪圆了眼睛，冲我做了个鬼脸，逗得我噗哧笑了出来。

谁知从第二天开始，那个芳介就经常出入这个家了。

头天刚提到他，第二天就来了，到底想干什么呀，我稍稍警觉起来。他还一周好几次来和我们一起吃晚饭，在外人眼里，还以为我们是和睦相处的祖父母和孙女呢。不知什么时候，还配备了芳介专用的黑筷子。

“知寿，改天咱们三个人去‘琴屋’吃饭吧？”

“琴屋？”

“菜很好吃的，在我家那站。”

第一次和芳介四目相对了，但我转去问吟子：

“你常去吗，那个什么屋？”

“是家小西餐馆。真的不错。”

“哦……”

“是吧，芳介？”

“是啊。”

“你们俩在一起都干什么呀？”

“没什么特别的……吃吃饭，跳跳舞。”

难道她真的没意识到我微妙的恶意吗？吟子嚼着炒牛蒡丝，表情没有丝毫变化。芳介一般不注意我，他的眼神很呆滞。电视还在播放晚间新闻。每次他来吃晚饭，开饭都格外地早。而且肯定要喝两瓶啤酒。我猜想，这个人一定经常就着超市买来的熟菜，自斟自饮吧。看着默默夹菜吃的芳介，忽觉他挺可怜的。

芳介的家离这儿三站地。团聚结束后，他就坐电车回去。吟子和我站在檐廊上目送他。倒不是对芳介有什么依恋，只是三个人互相挥手的时候，感觉身体里的毒素都跑光了。等他上了电车，看不见了以后，我们又照旧过自己的生活。吟子洗碗，我放洗澡水。我们俩脸上都露出了倦容。

一边望着藤田一边在幻想中遨游三小时零十五分钟的日子持续着。我为了集中精力做好这份早上的工作，最近没怎么做夜班的女招待。我当然只有从六点到九点十五分之间的这段时间特别精神，其他时间觉得挺难熬的。

睡觉前，我总会幻想明天一定会发生什么，这么一想，脑子越来越清醒了。我试图将注意力朝啾啾个不停的虫鸣声转移，结果反倒联想起白天笹冢站的蝉噪。翻来覆去无法入睡，身体接触到的床单没有一处不温热，这更使我烦躁。

想喝口水，就去了厨房，看看钟已经夜里两点了。回屋之前想去凉快一下，就轻轻拉开吟子房间的隔扇，走了进去。吟子以前曾经因中暑脱水，所以她的房间安了空调。她说过，你要是觉得太热，就过来睡。

空调好像设定了温度，房间里凉爽得恰到好

处。我原地眨了眨眼，以适应黑暗。两只猫蜷缩在吟子的脚边。我蹑手蹑脚地走过吟子躺着的地方，来到那只玻璃柜前面，慢慢打开门，小心翼翼地把手伸进去，以免碰倒里面的摆设。俄罗斯套娃的手感冰凉光滑。我一把抓住套娃的头，迅速拿了出来，抱在胸前又回到了厨房。

我没开灯，摸索着拆开了套娃，把它们一个一个摆成一排。一共七个，最小的只有拇指指甲般大小。在黑暗中看不见它们的模样。我用手指转着偶人玩的时候，又想起了笹冢站的藤田。我细细地回味着他的站姿和他挠头的动作，禁不住轻轻笑出声来。可是不一会儿，莫名的空虚忽然袭上心头。

我自己再怎么想也没有任何意义，今天也会和昨天一样的，我一边想着，把套娃一个个按原样装了回去，然后，支着下巴，盯着水龙头发了一会儿呆。

出乎意料之外，事情很快有了转机。

那天，我的小卖店出了点乱子，当然，跟我没有关系。上班高峰过后，一对情侣吵着过来了。“烦死了，你这人。”男的一边说一边把口香糖和钱递给我。趁着这工夫，膀大腰粗的女友跟相扑运动员似的，突然照着男的脑袋“咚”地狠狠打了一下。男的一个踉跄把小店右边陈列的小商品碰得哗啦哗啦散落到了站台上。男的恼羞成怒，抓住女友的肩膀举手要打。正在附近的一条及其他协理员赶紧跑过来，一个劲儿问着“怎么了，怎么了”，这其中就有藤田。

一条好说歹说劝走了哭泣的女子，小店又恢复了平静。那个男的就跟电视剧里演的那样，骂了句“这个臭女人”，吐了口唾沫，上电车走了。女的被送上了电梯。

年轻的协理员们帮我把掉在地上的商品捡起来放回原处。藤田就在我旁边，我把手里的口香糖递给他。

“这个，你要吗？”

“是卖我吗？”他淡淡地问，语气沉稳缓慢。

“不要钱。”

我把口香糖伸到了他的胸口。他穿的白衬衫质地很好。胸前口袋上有两条细细的横线，细得不凑近根本看不见，很微妙。现在“藤田”的胸卡近在眼前几十厘米，我感觉身体猛然僵住了。

“给你。”

“谢了。”

藤田接过我递给他的口香糖，飞快地塞进胸前口袋里。

“下次来还给你。想要什么都行。”我飞快地说道。

“有这好事?”他笑了笑，回自己的岗位去了。我收拾商品的手在颤抖。坐在小卖店的椅子上，望着远处他的背影，才感觉身体逐渐松弛下来。

一到九点十五分，协理员们就像往常一样一起下了楼梯。走过小卖店后，藤田朝我这边回头看了看，我壮着胆子向他挥挥手，他把手抬到胸口摇了摇。

一个星期后，下了班我跟藤田约会了，是他主动约的我。九点十五分，我目送他走下楼梯后，一下子像泄了气的皮球。谁知九点五十分他又突然出现在小卖店外面。

“你几点完事?”

“十一点。”

“下了班，一起喝杯茶?”

“好的。”

“那我在下面等你。”

“知道了。在下面，好的。”

他点点头，走了。目送他走远了，我立刻抬头照了照吊在斜上方的镜子，用小梳子梳了梳还算齐整的头发，又用指尖摁了摁脸上的青春痘，明知摁也没用。

那天我去了藤田住的公寓，从笹冢站大约走了二十分钟。没有和他做爱，只喝喝茶就回来了。一路上我一个劲儿地擦汗，到他公寓时手绢都湿透了，特意在车站厕所补的妆也白瞎了。

他洗了两只韦奇伍德[1]茶杯，用叶茶沏了红茶。

---

① Wedgwood，英国瓷器品牌。

单是这一点就使他看起来光辉耀眼，我向来都是喝速溶柠檬茶的。

在跟藤田同屋的男孩子回来之前，我们断断续续地交谈着，并肩坐着看午间新闻。虽然开着电扇，但距离太近，吹得浑身倦懒。由于一直抱膝坐着的关系，腿肚和大腿之间汗津津的。我把手伸进去抹汗，一个人反复着这个动作。

我们开始下班后经常约会了。不穿制服时的藤田和穿制服时相比，别有一种气质，特帅。他每次在南口的书店门口等我。那个小广场上有卖彩票的，还有花店，冰激凌店，整体感觉是个令人愉快的地方。

我们俩坐在杜鹃花盛开的花坛边喝饮料。我发现藤田的T恤衫右边袖子上破了个小洞。披到领口的头发，很规矩地向内鬈曲着。

下了班，我无所事事，喜欢享受这段时间的空白，不知道藤田怎么想。

“今天，干什么?”

“随便。”

“去见见老奶奶?”

“见老奶奶?”

“住在一起的。”

“好啊。”

回到家一看，吟子正在院子里拔草呢，真是太阳打西边出来了。见她蹲在墙根，一时间我还以为她在那儿尿尿，吓了一大跳。

“吟子，来客人了。”

听见我从檐廊上喊她，她擦着汗回过头，见我后面站着藤田，就慢慢走了过来。

两人互相打量时，我后退一步，给他们介绍。

“这是藤田，这是吟子。”

“您好。打扰了。”

“你好。知寿承蒙关照。”

“哪里。”

“喝茶吗?”

我们一边看刚刚开始的《诉说烦心事》，一边喝凉绿茶。三个同样不会聊天的人凑到一块儿，就更突出了沉默。等《今天什么日子》的节目一完，吟子站了起来。

“煮凉面吃好吗？”

“好。”

“你吃得惯吗？”

“我喜欢吃。”藤田答道，他好像吃什么都无所谓。

两点一到，吟子就去舞蹈班了。她戴了一顶老式的大帽檐白帽子，戴着太阳镜，胳膊上挎了个手提包。我和藤田站在檐廊上，朝站台上的吟子挥手。

“她这身打扮是模仿从前的女演员吧？”

“我看挺好的。”

“最近她可来劲儿了。”

“因为什么？”

“好像在恋爱呢。和舞蹈班的一个满脸皱纹的老爷爷。心理够年轻吧。”

我最后又挥了下手。背对着铁轨的吟子抬头朝斜上方瞧着什么。屋顶？电线？天空？从这边看不见她瞧的东西。

“好困。”藤田打着呵欠说。

“那就躺会儿？”

“好吧，躺会儿。”

确认吟子不再往这边看之后，我怀着一丝奇妙的心情拉起他的手，来到我自己的房间。藤田抬头奇怪地看着门楣上的一排猫镜框。

“什么呀，这是？”

“老奶奶的收藏品。”

“怎么跟校长办公室似的。”

“它们都叫彻罗基。”

“什么？”

“死了以后的猫都叫彻罗基。够怪的吧。”

虽说觉得在这样的房间里不太合适，可我们还是第一次睡在一起了。好久没有做爱了，我有点笨手笨脚的。他能满意吗？我一遍遍地想着。他身上的皮肤也很白。在这些猫的眼皮底下做完这事，我觉得特别地不好意思。

一睁眼已经傍晚六点了。我从潮湿的被子里爬出来，四仰八叉地躺在榻榻米上。隆隆的电车声的间歇里，从厨房传来做饭的声音。我一骨碌滚到窗边往外看，洒落院中的夕阳渐渐黯淡下去，每当有电车通过，就恍忽闻到一股浓浓的钢筋混凝土混合着绿色植物的气味。

“起来吧。”

我钻回被子，把手放在藤田的背上，手慢慢热起来。摸一摸，汗津津的，手心都被沾湿了。我“啪”地拍了他一巴掌，他才不情愿地起来了。

“现在几点？”

“六点。吃了饭再走？”

“不吃了。”

“我饿了。”

“我也饿了。”

“吃了再走吧。吟子也会高兴的。”

我们捡起扔得到处都是的衣服穿上。有趣的是，我们俩睡觉都有怪癖。洗完手进厨房一看，吟子正在炒着土豆、胡萝卜和肉。

“哎呀，是土豆烧肉？”

“咖喱。年轻人喜欢吃咖喱吧。”

“我一般。你呢？”

回头问藤田，他正在咔哧咔哧地挠着后脖子。

“喜欢吃。”

“帮你干点什么？”

“不用了。两人喝茶去吧。”

“那咱们去看电车。”

我倒了杯麦茶，抓着藤田的手腕去檐廊。

“这房子不错吧？电车随便看。”

“不嫌吵？”

“已经习惯了。吵点更好，对这个家来说。就我和老奶奶两个人，太安静了，容易郁闷。”

“在那篱笆墙上开个门，就能直通车站了。”

“嗯……”

藤田从口袋里掏出烟，趴着点着了火。

“藤田，你为什么在车站干哪？”

“喜欢车站呗。”

“喜欢车站？”

“喜欢喧闹的感觉。”

“喧闹……就为这个？”

“就这个，没别的原因。”

“你觉得那个工作有意思吗？”

“怎么说呢，一般吧。我不是为了有意思才工作的。”

灯光越来越近了，一趟快车驶过，乘客稀稀拉拉的，窗户又咔哒咔哒响起来。

“肚子饿了。”藤田一口喝干了麦茶。

我觉得吟子做的咖喱相当辣。她的其他菜味道都淡，唯独咖喱够味儿。我咕嘟咕嘟地一个劲儿喝水。我吃不来辣的，眼泪都出来了。

一吃完晚饭，藤田就回去了。遵照我在家门口向他提出的请求，藤田走到车站的尽头向我们挥手。这样的夜晚以后还多着呢——这种告别方式给人这样的感觉。挥手时，从脚底升起了一股暖流，真是惬意。不可思议的是，就连在旁边挥手的吟子，都令我觉得可爱极了。

第二天，从藤田那儿回到家时，看见玄关飘着一只黄色的气球，上面画了只兔子。

“这哪儿来的？”

我拽着气球进了客厅。吟子戴着老花镜在看杂志。好像半看半打盹似的，眼镜歪戴着。

“这个气球哪儿来的？”

“啊，这个呀……超市开张，我去的时候人家给的。”

“嘿，总算开张了。这气球挺好玩。”

我光着脚从檐廊跑进院子里，拽着气球想跑一圈，结果不小心被花盆绊倒，“哎哟”尖叫了一声，顺势躺倒在杂草上。真想到大牧场上去奔跑，这院子太小了。我觉得以后对吟子也要再稍微友好一些。

“有什么要买的，我去吧？”

我躺着大声嚷道。吟子回答了一句什么。

“什么？”

“我买了，不用了。”

我做了个角力桥，两手叉腰站在檐廊上的吟子，在我眼里倒过来了。

“衣服可要弄脏啦。”

“有没有忘买的？”

“没有。”

“哦！”

这人看来不吃我这套，也无所谓。我又一次仰面朝天躺下，摇晃气球玩儿。

“那地儿是埋猫的……”

“啊？”

我一屁股坐了起来，吟子指着我躺的地方，画着圆。没办法，只好挪了个地儿，又躺下了。阳光很刺眼，好像要把我在地上伸展的胳膊和腿烤焦似的。我松开了气球的绳子，黄色的气球升上了天空。闭上眼睛，感觉有只蚂蚁或其他什么虫子在左胳膊上爬，很痒痒，我也没挠。

过盂兰盆节[1]时，妈妈回来了。

随着一声刺耳的“打扰了”，妈妈从檐廊探进

① 日本迎接和供奉祖先之灵的民俗性佛教活动，活动日期各地不同，一般在七月十五日至八月十五日之间。

了头。吟子明明事先知道妈妈要来，却“哎呀、哎呀”地装出很吃惊的样子。我只朝妈妈瞥了一眼，说了声“回来啦”。我和吟子正在起居室安静地吃刨冰，妈妈突然说声“不好意思”，就把皮箱放在院子里，脱了鞋进屋，一屁股坐在了我们旁边。

“好热呀。”妈妈噘着嘴哆声哆气地说。

我给她盛了一碗刨冰，“哇，谢谢啦！”她自己一个人兴奋得直叫。吟子默默地准备着茶水。

“吟子舅妈，知寿给您添麻烦了。”

“哪儿呀，知寿可帮了我不少忙，每天都打扫浴室呢。”

“真的？这孩子光会吃。”

妈妈背着我给吟子寄钱。吟子让我跟妈妈说不要寄了，我一直没跟她说。嗨，既然给了就收下呗。

她们之间显得有点客气。每句对话的头尾总是微妙地重叠，所以一再“什么”、“你说什么”这样互相反问。不知什么缘故，我也受了感染，连递杯茶给吟子都不自然了。我和妈妈更不用说了，虽然是母女，可好久没见了，彼此都需要时间来调整。

结果三个人在一起的时候，气氛总是感觉不那么自然，所以妈妈马上带我出去了。

她说她预订了新宿的饭店。我们在那间房间里住了三天。房间在十四层，从里面能看见东京塔，可是看不见我喜欢的东京都厅。高楼林立间一片葱郁繁茂的地方大概是新宿御园吧。我对东京的街道还不熟悉，只知道吟子家附近的街道、笹冢站、饭店的宴会厅和产业会馆。

崭新的白床单，一尘不染的洗手间，跟无菌室一样，舒适极了。这里是与噪音、猫毛和霉菌隔绝的世界。要是我一个人住这儿该有多好。

饭店的咖啡厅有糕点自助餐，摆满了奶酪蛋糕、巧克力脆皮草莓、奶油果冻、果仁曲奇，连冰激凌都有好多品种。优雅的服务生将容器里的食品摆放得好看极了。

妈妈在糕点盘子边上放了八种冰激凌，一个一个地吃得很高兴。她好像换了发型，烫了个怪怪的竖式卷，大概是为了显得年轻吧。总之我已经作好准备，等着她最后把冰激凌硬塞给我。

妈妈一边吃一边说："你可比以前显得懂事多了。"那感慨的口气就像好久没见的远房亲戚。接下去还说什么"你嘴角往上翘着点"、"要不然，越来越显得苦相"、"还没有朋友吧"等等，废话连篇。我立刻不再吭声了。随着年龄的增长，我好像越来越没有精神反驳或者吵嘴了。

"过得还好吗？"

"嗯。"

"有没有学习？"

"不学。怎么可能学呢？"

"你胖了点儿。"

"嗯。"

妈妈瘦了些，面相显得比以前严厉了。

"在中国，愉快吗？"

"还行。什么都感觉新鲜。"

"NI——HAO——"

"发音不对。"

妈妈说了一遍准确的"NI——HAO——"给我听。

周围都是女人。女人们一直说个不停。我真想知道，她们怎么有那么多可说的。我们母女之间却没有笑得出来的故事和共同关心的话题。

“你还不如住吟子家呢。”

“可那是别人的家。你一个人添麻烦就够了。”

“那妈妈自己一个人住饭店就行了，浪费钱。”

“我想你也愿意偶尔奢侈一下，所以就……”

“衣服换来换去太麻烦。”

妈妈用怀疑的目光看着我。我感觉这个目光很亲切。

“不想去上大学吗？”

“嗯，现在还上什么。”

“现在开始也不晚哪。就因为以前没好好学习，现在努努力好不好？”

“又来这套。”

“你每天游手好闲？”

“没有，打工呢。”

“打什么工？”

“倒酒和亭子。”

"什么?"

"女招待和车站小卖店。笹冢站，知道吗?"

妈妈"唉"地叹了口气代替回答。

"不是那种不正经的工作，一个月起码能挣十万呢。"

我本想炫耀一下，可是话刚说出口就后悔了。在妈妈面前，自己所拥有的一切都是那么微不足道。

"你呀，还是去上大学比较好。省得将来后悔说，那时候要是好好学习就好了。"

"没有兴趣，勉强去学习也是白费钱。不上大学也能生活。"

"要这么说，也许是吧。"

"跟你直说吧，我讨厌学习，更愿意工作，我想自食其力。"

"就是为这个才去上大学的呀。有人背后说，那家人是单亲，只有一个妈，想上大学也没钱上……"

望着钻牛角尖的妈妈，我不禁笑了起来。

"这年头还有人这么说?"

“社会就是这样。”

“妈妈和我愿意怎么生活就怎么生活。干吗在乎别人说什么？妈妈其实也无所谓吧，只不过说说而已，尽尽做家长的义务。”

“你怎么老是跟我戗着呀？”

妈妈皱起眉头直盯盯地瞅着我的眼睛，一边用勺子戳着差不多融化了的冰激凌。我也不示弱，更加使劲地瞪她，谁知我的视线在她面前，就像点着了火的报纸，渐渐瘫软卷曲下去了。神气十足的妈妈有些费力地开口道：

“不知道怎么说才好……虽说无所谓，可是，你要好好生活啊。”

我使劲点着头，站起来打算去一角的中国点心区。“好好生活”是什么呀。是指去学校上学，去公司上班吗？妈妈也避免说得很清楚，说得这么笼统，结果让我反而像被看穿了本质，这才叫人气恼呢。我真想反问她，你自己又怎么样呢？

我站在弥漫着白色水蒸汽的蒸笼前面，回头张望，看见远处妈妈懒散地倚在沙发里，摆动着两腿，正朝我这边看呢。我慌忙扭过头去，夹了好多烧卖到盘里，看样子没可能吃得下。

晚上我把藤田忘在我屋里的毛巾手帕盖在枕头上睡觉，闻到一股汗酸味儿。

“盖它干吗?”妈妈问，她脸上敷着绿色面膜，看不见表情。

“容易睡着。”

“知寿小时候也总爱用喜欢的毛巾，那种有树袋熊的。”

“小孩儿都这样吧。”

我冷淡地说。提这些记不得的往事，只能让我心烦。

“你就爱顶嘴。”

又陷入了不愉快的沉默。我们之间的关系也许在恶化。我想要道歉，可又想不出道什么歉。我干脆把被子蒙在脸上，好看不见妈妈。

多少年没和妈妈在一个房间里睡了。关上灯后，我没说一句话，试着从我的记忆中挑选有关妈妈的愉快回忆，譬如雨天看妈妈缝缝补补，妈妈带我半夜去兜风，在露台上一起玩野炊游戏等等。

这些回忆都是浮在面上的，我的思绪很快就转到钱上去了，这比刚才模糊的记忆要清晰好多倍。从我出生、上小学、初中，直到高中的学费、饭费、服装费、旅行费等等，花在我身上的钱究竟有多少？这些庞大的花销什么时候才能还清？想到这儿，心情不由沉重起来。不还上这些钱，就不好对妈妈说三道四。比起对于妈妈的感激之情来，更多的还是负疚感。

尽管我们身上流着同样的血，心却并不相通。我从青春期开始，就对充满朝气和对我过分亲昵的妈妈样样看不惯。让我反感的不是不被她理解，而是被她理解。也许妈妈为了不使两个人的生活过于沉闷，想努力像朋友那样和我相处吧。然而疲惫和面子使得她又做不彻底，她的这种不彻底让我感到难为情。

好半天没有听到旁边床上响起均匀的鼻息声，我们两个人在互相较劲，都一直没有睡着。

第二天下午我们去买东西，过得还算愉快。妈妈给我买了双漂亮的凉鞋，左脚镶白鸽，右脚镶绿叶。晚饭后，妈妈带我去了饭店顶层的酒吧。真叫我吃惊，妈妈居然喜欢来这种地方。

我们要了两杯漂亮的鸡尾酒。妈妈今天妆化得格外浓，我注视着妈妈望着夜景的侧脸，感觉到她的老态略微有别于吟子，想和她拉开些距离。

“妈妈你显老了。”

听我一说，妈妈自暴自弃似的嗫嚅着：

“有孩子老得快呀。”

“什么？你是说我？”

妈妈没有回答。

窗外新宿站东口的霓虹灯闪烁着艳俗的光，映衬出我们两个人并排而坐的侧影。我们俩两腮略微鼓起的线条很相像。妈妈看上去有些无精打采，我感觉这跟我有很大关系。

“那个，你心里很想回去吧？”

“回哪儿？”

妈妈支着下巴，懒懒地回答。嵌入脸颊的手指上的指甲油脱落了，很难看。和我住在一起时，妈妈一直没有涂指甲油。既然涂就应该涂得漂亮点儿。在女儿眼里，妈妈经常偏离自己的轨道；同时，我恐怕也跟妈妈理想中的女儿形象有着相同程度的偏差吧。

“你想回中国吗？”

“不想。”

“那么，想回日本？”

“不想。”

“到底喜欢哪边啊？”

“哪边都……”

“不喜欢？”

“哪边都一般。”

妈妈四十七岁了，远看还算漂亮。不知她现在有没有男朋友，有时难免也会感到寂寞吧？

妈妈回中国那天，我俩去了东口的电影院。电影很没意思，加上大夏天的反射日光和人潮，她很不开心。去车站的路上，妈妈在新宿高野买了个果篮，让带给吟子。我说了句“怎么跟供品似的”，更惹她不高兴了。

望着妈妈一手拉着大旅行箱走进检票口的背影，我感觉这个很独立的女人已经完全成了陌生人了。她的指甲油重新涂过了，怎么有工夫涂了呢？刚才分别时，她笑着推开我伸过去要握手的手时我才注意到的。

尽管妈妈一个劲儿追问我的近况，我也没有告诉她藤田的事。她多半是想问这个吧。要是有一天我和藤田分手了，我又怎么跟她说呢，到时候我会无地自容。她觉得我不知天高地厚也好，什么都不懂也好，都没关系，就是不愿意让她觉得我可怜。

好久没有叫藤田来家里吃晚饭了。

“你妈妈走了？”吟子一边盛饭一边问。

“她今天在银座和原来学校的老师有个聚会，然后坐晚上的飞机走。”

“银座呀，不错啊。”

“吟子，你想去巢鸭或者上野吗，去老奶奶们的原宿？”

“我不喜欢人多的地方。”

“下次一起去吧，还有藤田，好不?”

我看着喝大酱汤的藤田。会话到此为止。三个人的饭桌犹如湖面般平静。

天气突然凉爽起来。

夏天要过完了。

藤田、吟子、芳介和我，四个人在院子里放烟花。我和藤田两手各拿了好几枝花炮，乱蹦乱跳地放，两个老年人每人只放了一枝。放完后，我们都安静地坐在檐廊上喝啤酒。喝完一瓶后，我又去厨房拿了一瓶。桌子上放着芳介的手包，拉锁开着，露出了里面的东西。我往里看了看，没什么像样的东西。什么带平安符的家门钥匙、皱皱巴巴的手绢、黑钱包、包着书店书皮的袖珍本、仁丹、两块糖等等。可拿的也就是仁丹了，我就连盒溜进兜里。

檐廊上的三个人默默地对着院子。我要是不在的话，他们会这么一直默默待着吗?他们都不关心各自在想什么?

“谁还喝啤酒？”

藤田从我手里抢走了瓶子，往自己杯子里倒。我也给自己满满倒了一杯，跑到院子里去。

抬头一看，月亮高高挂在天上。我“啊——啊——”地大声喊起来，使劲伸了个懒腰，啤酒洒出来，打湿了胳膊。

“夏天过完啦。”

回头一看，六只眼睛都看着我。我忍不住笑起来。笑着笑着发觉不大对劲，高兴得手舞足蹈的似乎只有我一个人。

藤田开始趴着玩手机。芳介准备回去了，吟子在帮他收拾。

蝉鸣中夹杂着其他虫子唧唧的叫声，蟋蟀还是金钟儿，我分辨不出来。

秋天

芳介和吟子说要带我一起出去吃晚饭，我不太情愿。

“我还是不去了吧。”

“别不去呀。偶尔有年轻人一起吃饭才香哪。光我们俩吃有点儿……”

“倦怠期?”

“我们不像年轻人那样变化无常的。”

说好在芳介家那一站会合。我和吟子走到站台的尽头，朝自己家望去。白色街灯照射下的小平房挺寒酸的，唯一提气的金桂还没有开花。

“多孤独啊，那房子。不开灯，还以为没人

住呢。”

“是吗。”

“原来咱们就住那儿呀……”

“是啊。”

“你喜欢住这儿吗?”

“还行吧。住得年头久了，自然有感情了。知寿，猫咪放进屋了?”

“嗯。收衣服时两只都放进去了。”

电车一进站，干燥的风吹得吟子身体有些打晃。

芳介在检票口等我们。一边走，他们一边说着台风要来的事。我跟在他们后面，手插在后裤兜里走着。我穿着短袖汗衫，九月已过半，白天还很热，但夜里风已经挺凉了。

芳介家的车站和我们那个车站差不多一样阴郁。和站台平行的小路上的星形路灯也黯淡无光。去站前超市看了看，店员和顾客都表情呆滞。我琢磨着，吃完饭，吟子会去他家吧，恐怕我得一个人表情呆滞地坐电车回家。

他俩常去的小店“琴屋”在一家面馆的二层，从超市旁边一条黑暗的小路进去不远就是。楼梯对老人来说有点陡。他俩上楼时非常地小心。吟子右手扶着楼梯扶手，左手拽着芳介薄毛衣的衣襟。

时间还早，店里没有客人。五十多岁的老板娘亲热地招呼芳介：“哟，这位姑娘是您孙女?”一张口问了个不好回答的问题。

“不是。”

芳介断然答道。我也挺了挺腰板，附和着说：

“我是他朋友的朋友。”

老板娘没接我的话茬，扯到点菜上去了。于是我就说，既然是芳介爷爷请客，我就不讲客套，只管大吃大喝了。接着像个年轻人那样率先大吃起来。我还喝了五杯看样子挺贵的梅酒。吟子喝的是一种巧克力味的全价麦胚芽烧酒。我尝了一口，辣得受不了。

我闷头吃着，余光看见他俩分吃一份肉馅洋白菜卷。我们要了醋溜牛蹄筋、米兰风味炸牛排、德国炸薯片、竹叶铺垫的青花鱼寿司、鲜橙汁冰激凌等等。老板娘收拾空盘子时，笑吟吟地说：“到底是年轻人啊。”

“是啊。”我答道。

芳介把我们送到车站。互道晚安后，我们上了站台，看着他消失在小路上。

“你不去他家？”

“不去，这么晚了。”

车站上的钟是八点二十分。

“你们一般都这样吗？”

“什么呀？”

“老年人交朋友？”

“因人而异吧。”

“不去饭店吗？我看老街道上有那种千岁旅馆，就是门前池子里有小鸭子的那种地方。去那儿多有感觉呀。”

“才不去呢。”

吟子咧嘴一笑。这一笑，更加深了她脑门上的三道皱纹、眼袋，以及从鼻子直到嘴角的一道能夹住铅笔的长皱纹。我不忍再看，移开了目光。

那天夜里下起了雨，台风来了。大风刮得套窗哐当哐当作响，快要被刮飞了。

夜里，我觉得胃不舒服，把吃的东西全吐了。仿佛被外面的阵阵狂风煽动着似的，我夸张地吐着。居然越来越有节奏了，眼泪鼻涕和污物一起流。

多半是青花鱼不新鲜吧。我整整躺了两天。

吟子倒是一副若无其事的样子。

到了秋天，我和藤田还在交往。

他不那么忽好忽坏地起伏不定，我觉得我们俩很相像。于是乎，自我感觉和走在街上的那些情侣一样，似乎也挺幸福的。

下班后我们一起回吟子家吃午饭。日子就这么一天天过着。我注意不再使劲盯着他看，不再刻意温柔地、而是尽量不经意地碰触他的身体。

前几天，我偷了藤田一盒烟。他在我房间睡午觉时，我从他扔在地上的破牛仔裤兜里连盒给拿走的。他抽的是薄荷香型的 HOPE。他说他喜欢绿色。

一起来，他就问我："看见我的烟了吗？"

"没看见。找不着了？"

"没了。"

"丢了吧？"

"见鬼。"

可能已经发觉了吧，他也没再说什么。我靠在窗边看着他生气的样子，就叫他过来，他光着身子披着毛毯，从榻榻米上爬过来。两个人看了半天过往的电车。

"过电车时，你没觉得有气浪过来吗？"

"有吗？"

"有时候我特别羡慕坐在车里的人，羡慕他们坐车去什么地方办事。可我只有笹冢站可去。"

"坐上电车想去哪儿就去哪儿啊。"

"那倒是……那咱们一起去哪儿好吗？"

"去哪儿？"

"山上。"

"山上？"

"高尾山什么的。"

“太热了，不去。”

“可能是挺热的，靠近太阳啊……”

藤田什么也没回答。

“这儿走不通啊！”从篱笆对面的小路那边传来戴黄帽的孩子们的嚷嚷声。一个孩子使劲摇晃起篱笆来，其他孩子也立刻上来帮忙。透过绿叶，隐约看得见孩子们胖胖的小手。

“那些孩子想要拔掉这些篱笆呢。”

“真的？我早就说过，开个门多好啊，离车站就近多了。”

“嗯，也是啊。”

“那咱们这就干吧。”

藤田坐起来，伸手去拿旁边的衣服，我有些吃惊。

“不过，那个篱笆一直那样子，说不定对吟子有什么纪念意义呢，所以……”

“阿知光说不练。”

他的话音里夹杂着某种异样的东西，很像我讥讽吟子时的腔调。霎时间，我感到脊背有股子凉气。

“不是的。”

藤田看着我不吭声，我着急了，加了一句：“你也差不多呀。”

他像叹气一样深深地呼出一口气，伸了个大懒腰，又裹上毛毯，朝外面的篱笆望去。孩子们看来已经放弃了拔篱笆，一齐朝车站跑去了。沉默了一会儿，我心情好些了，就用一贯的轻松语气说道：“今天也吃了饭走？”

“嗯。”

“太好了。干脆住这儿得了，从公寓搬过来。”

藤田捏着我的大腿，没答腔。

晚霞快出来了。

后来我接二连三地顺他的东西。藤田没什么东西，去他那儿的时候，我就顺便拿点儿。什么罐装咖啡带的小汽车模型、钥匙扣、粗糙的戒指、运动裤等等。拿回来后，一个一个仔细看上一遍，就收到鞋盒子里。顺便取出里面的其他东西看，好像缅怀亡者一般，回想一遍它们的主人。

鞋盒子里有班上最受欢迎的男孩子的体育帽、坐我前面的女同学的花头绳、我最喜欢的数学老师的红圆珠笔、错投到我家信箱里的邻居家的广告品。我打开一个皱皱巴巴的纸包，里面是短短的毛发。这是阳平的头发。趁他睡觉的时候，我偷着剪下来的。和藤田相反，阳平是黑色的鬈发，拿起一根头发两头一拽，就从中间断开了。

我伏在鞋盒子上，闻着它的气味。

我感觉那里面的东西在逐年褪色，气味也在消失。难道是我变了吗？

“吟子，我和刚来的时候比，像个大人了吗？”

“知寿吗？没怎么变呀，才过了半年哪。”

“是吗？一点儿都没变吗？”

“舅姥姥不太了解你们年轻人哪。”

“我也觉得奶奶们看起来都差不多。还记得你自己的年龄吗？我有时候就会忘。”

“自己的岁数还记得哟。”

“那你多少岁了？”

“七十一岁。”

“那你看起来没那么老嘛，还是说就应该是这样？”

“我不显年轻啊……”

“嘿，真的吗？”

我明年就二十一岁了。她比我多活了五十年。这五十年的历史我大概是无从了解了。

我和藤田去了高尾山。还不到红叶的季节，人不怎么多。我们爬上山，呼吸了新鲜空气后，在站前的面馆吃了山药汁荞麦面。爬山的时候，我几乎只能看见藤田的脚后跟，他一言不发爬得飞快，我拼命地追赶他。

“慢点儿爬好不好？”

我气喘吁吁地央求着。他一下子没反应过来，过了一会儿才拽住我的手，说：“啊，抱歉。”

坐在电车里，我们俩把穿着情侣运动鞋的脚伸开了，一边嚼着饼干，一边偶尔说上两句。

在杜鹃之丘站等着特快通过时，只听“咣”的一声，紧跟着响起一阵吱吱吱的刹车声，特快停了下来，车厢里一片骚乱。

我们也下车来到站台，只见站务员们正纷纷朝车头方向跑去，他们下到铁轨上，察看车轮下面。特快停在刚过站台不远的地方。和我们一起等特快通过的乘客几乎全部下了车，默默地看着这一切。

“看样子，车一时半会儿走不了。”藤田漠不关心地说。

“真倒霉。自己跳下去的？你见过吗？”

“没有。”

“那人死了吧？”

“差不多吧。”

我想走到站务员边上瞧瞧那个死了的人。

“走着回去吧。”

藤田拽了拽我的袖子。他的手像往常一样地温暖，拉着让我安心。

上楼梯的时候，我看见地上有一块枫叶形状的东西。我眼睛不太好，看不清楚，感觉像是血迹或肉片。

我指了指那儿，藤田“呸”了一声，停下了脚步。我直盯盯地瞧了那红块一会儿。

“我可不想那么死。”

“我才不死呢。”

“可是，死亡越来越近呀。”

“还早着呢。”

“可是……谁知道自己什么时候死呀。没准什么都没干就死了。”

“那又怎么样？”

听他这么说，我沉默了。

吟子也给藤田准备了一双蓝色的专用筷子。

在车站，他看见我也没什么激动表情，为什么还要和他在一起呢。惰性，我只能想到这个词。尽管自己不想承认，却意识到现在落入了又一个轮回之中。阳平和藤田对我的态度有时很相似。比如，他们看书被打扰时说的话，以及从不迁就我，等等。

入秋后，我的眼睛仍旧一刻不离他那穿着褐色西服工作时的姿态，还有注视电车开走时的侧脸。就连在家里时，他伸出来的脏兮兮的脚趾甲和看我时不耐烦的眼神，我都希望能永远不变地持续下去。

“我说吟子，”我加重了“我说”的语气，“别随便用我的化妆水行不行？”

“嗯？”

吟子扬起眉毛，睁大眼睛看着我。

“那个吧，是年轻人用的，老奶奶用了也没效果的。”

“你说什么哪？什么化妆水？”

“就是那个放在洗脸间的、我的化妆水。那个很贵的，别再用了。刚才看见少了这么多呢。”

我用大拇指和食指比划了五公分那么宽，反正夸张点比较好些。

“没用那么多。”

净跟我装蒜。我心里想着，嘴上只说了声“哦，是吗”，就坐在檐廊上剪起指甲来。

要真想骂她就没完了。吟子腰腿不好，身子又瘦小，说话轻声细气的，好欺负得很。把她骂得哑口无言，甚至把她骂哭都不是问题。

最近，我开始怀疑吟子对我的焦躁不安是装没看见的。她不理睬我无聊的挑衅，总是装傻充愣的，她越是这样我就越是气不打一处来。

反正讲力气她根本不是我的对手，这使我恢复了些自信。这自信与在藤田面前的不自信成反比。照这样下去，我会越发变得具有攻击性，吟子会渐渐消失不见的，我有意识地将源源不断涌上来的恶言恶语咽了下去。

纵然有再多的理由也不该欺负她。不是我先搬走，就是她先死，这是不远的将来的事，我们在一起待不了几十年，在这之前还是和睦相处为好。

可能的话，我希望平和而自然地分别。

笹冢站新来了个年轻的女协理员。第一眼看见她，我便觉得不安。该来的还是来了。她说话做事干脆利落，非常精干，和她对视一眼后，她就特意到小卖店来跟我打招呼。

“我姓丝井，请多关照。”

她的眼睛就像小狗似的招人喜爱。浅褐色的头发从帽子里露出来，在脑后扎了个马尾。

“我姓三田，请多关照。”

然后，她笑吟吟地返回岗位上去了。一条负责带她。她个子小，褐色的裤子显得很肥大，垫肩也很夸张。她戴着的协理员袖章被碰掉了好几次，我直担心她会被人流挤倒。

九点十分，我看见藤田和她凑近了说话。真切地看在眼里之后，我静静地闭上了眼睛。再睁开眼睛的时候，他们已经分开了。

那天我独自一人回了家。最近，在出站口和藤田会合后一起回家的次数越来越少了。由于空闲多了，我又增加了做女招待的时间。藤田好像也开始在新宿的西餐厅打晚工了。他说是一家经营海地料理的少见的西餐厅。问他为什么在那种地方打工，他只告诉我“因为是别人介绍的”。无论海地还是新宿，对我来说都同样遥远。

回到家，看见玄关摆着芳介的鞋，我转身又出去了。沿着环八线往前走，在区民游泳池，我租了件泳衣游了很长时间的泳。这是利用燃烧垃圾热能的温水游泳池。阿姨们排成一排，中年男教师带着她们在做水中健身操。秋天，平常日子来游泳的年轻女孩子除了我之外没别人。我游得头昏脑涨，才去池边休息。躺在长椅上，窗外的风景分外清晰地映入我的眼帘。透过掉光了叶子的秃树枝，能看见花坛那边过往的汽车。路旁丢弃的塑料袋随风飘舞，贴到等信号灯的汽车的挡风玻璃上。便道上骑自行车的不停地扭动着车把，躲避行人。

这会儿，吟子和芳介正在家里亲热地吃着印糕聊天呢吧。

在站台上工作的女孩子只有我和丝井，所以她想和我友好一些，经常主动跟我打招呼，说些“今天挺暖和的”、“今天真凉快”、“今天够冷的”之类。藤田管她叫“阿丝”，我也跟着这么叫她。在站台上，他们两个人夹杂在人流中，时而凑近，时而分开。一看见他们凑近，我的胃就像被人撕扯似的，扯得我浑身疼痛。心里不想看，还是不自觉地看了，成了痛苦的毛病了。

阿丝拽着藤田的袖子，说了句什么，他们一齐回头，远远地朝我这边看。我佯装没看见，往架上补充口香糖和糖果。

“今天一起吃饭好吗?”九点十五分一到，跟在男孩子们后面往外走的阿丝对我说。

“今天吗?”

“嗯，藤田也去。”

“好的。我十一点下班，行吗?”

“我不知道你是他女朋友，刚才听说的。我跟藤田说，三田姐一直朝这边看呢，他才告诉我的。”

我嘿嘿地咧嘴笑了笑，心里却不是滋味。一个大叔递过来一罐咖啡，阿丝说了句“回头见”，跑上了楼梯。我自言自语地说了句“怎么办哪”，大叔正接过我找的钱，听我这么一说，他诧异地“啊”了一声。

他们俩坐在彩票亭旁边的长椅子上等我，两人保持着微妙的距离，愉快地交谈着。曾经光芒四射的骄阳不见了踪影，冰激凌店也关了门。店前的蓝白条鲤鱼旗已经降了下来，经历了风吹日晒之后，如今就像一条被丢弃的毛毯。

阿丝和我的头发一样长短，都穿着阿迪达斯的运动鞋，都拿着个小手提包。看上去，自己就像是阿丝的拙劣的复制品。在等我的这一个半小时里，两个人一直在聊天吧。他们是在从交谈中了解对方，缩短距离吧。我忽然意识到，从未见藤田和其他女孩子说过话，总是我和藤田两个人在一起。我从来没有想象过，除吟子之外，藤田和其他人聊天的样子。

突然之间，交叉着腿坐在那里说笑的藤田，仿佛变成了与自己毫无关系的陌生人。这么一想，脚下愈加沉重起来。正想往回走，被他们发现了。

“喂，三田姐。”

阿丝站起来向我招手，笑得很灿烂，看着就让人心情畅快，我也跟着笑了。

我和藤田坐在一边，阿丝坐对面，看着她的笑脸我心情还算平静。她很爱说话，不做作。可我还是觉得很不自在。我把吟子净是皱纹的脸和阿丝的脸重叠起来，心情也一点儿没好转。旁边的藤田咯吱咯吱地吃着薯条，偶尔说句什么逗得阿丝格格直笑。我也跟着阿丝笑。恍恍惚惚觉得另一个自己在看着自己，同时还有第三个人在旁边看着这两个自己。

“对不起，我有事先走了。”

我站了起来。

“干什么去呀？”

藤田不耐烦地抬头看着我。阿丝露出担心的表情。

“今天我要陪舅姥姥去医院。对不起，真是对不起。”

我在桌子上放了张一千日元票子，就朝车站跑去。跑得太快，肚子都疼了。

从站台上看见的笹冢上空晴空万里。向下面望去，站前马路两旁的榉树下面人来人往，我从中搜寻着他俩的身影。

回到家，吟子正在做点心。她把面擀成片，然后用模子压出各种形状的面点。

“嘿，做点心干吗?”

“今天跳舞时带去，孩子们来参观。”

“哼，给孩子们哪。我尝尝。”

我拿起一块星形的生面塞进嘴里。

“别吃，生的。”

“我喜欢吃没烤的。”

“对身体不好。”

“那个，今天芳介也来？和芳介还顺利?”

“什么呀？还行吧。”

吟子停下手朝我笑了笑。

“噢，是吗……我完了。”

“什么完了?”

“和藤田呀。”

“怎么了?”

“反正不行了。我就这命。”

“知寿，你想得太多了。这可不好。”

“我想得太多了？才不是呢。我就是这么感觉，就是有预感。”

“这种事并不像想象的那么好，也没有那么坏。”

“可是一感觉没希望了，往往就真的变成那样了。怎么也控制不了自己，总爱那么想。”

“嵌不进模子才是人之常情啊。嵌不进去的才是真正的自己啊。”

吟子把多余的面揉成团，擀成片，压模子；再揉成团，擀成片，压模子。铁板上密密麻麻摆满了星形点心。

“我不是个开朗的人吧。”

“不开朗不是坏事啊。”

“我死了也没人为我哭。”

“怎么会呢？”

“大家都喜欢又开朗、又漂亮、又温柔的人。”

“好了，做完了。”

吟子把铁板放进烤箱，开始收拾。她一边哼歌一边洗碗。桌子上准备好了包装袋和金色的细丝带。

“喂，你在听我说吗？”

“听着呢。”

“真羡慕你，吟子没有烦恼。因为痛苦的事都做完了，几十年前的事都忘了，所以每天都特别快乐。”

“知寿不快乐吗？”吟子背对着我问。

“根本，一点都，不快乐。”

我的回答被哗哗的水流声遮盖了。吟子可能都没听见吧。

这回我又受到了去滑冰的邀请。我极力推辞，让他们自己去。可是阿丝固执地一再坚持。她到底想干什么呢？真让人捉摸不透。是单纯想跟我好呢，还是想使我痛苦？

“还没到冬天呢。”

“到了冬天，人太多。”

“我没滑过冰。”

“没关系没关系，很快就学会的。”

“真的？”

“我教你，没问题。藤田也会，我们两个拉着你。”

阿丝怎么知道的？我想着向藤田确认，他像个背后幽灵似的站在阿丝身后，只“哼”了一声。大概是冷吧，他端着肩，抱着胳膊。目送两人下楼梯后，我下意识地看了看自己的手。在店里干活的时候不戴手套，所以手指关节干燥得皴裂了。

吃完午饭，三个人并排从高田马场站朝滑冰场走去。阿丝戴着绿线帽，穿着红开衫，像个圣诞老人。我有意避开藤田，和阿丝挽着胳膊走。

冰场人不多。冰鞋又重又紧。看着孩子们穿着色彩艳丽的带飘带的衣服滑冰，我也有点跃跃欲试了。进了冰场，我的手不敢离开墙壁。藤田背着手，佯作不知地自己滑起来。阿丝拉着我的左手，热心地教我。好容易滑了一圈后，我们靠在墙上，看着藤田滑。他脖子上的围巾随着快速滑行潇洒地飘起来。

“藤田滑得真好。就是不关心人。”

“是啊，也不管三田姐，有点儿差劲。”

“藤田他就是这样的。他好像不太喜欢我。”

“嗯……”

阿丝现出同情的神色，我不想在自己身边看到自己制造出的这种表情，因为这样会使自己真的觉得自己很可怜。

“阿丝，你去滑吧。我扶着墙练习。”

“没关系，我陪着你。”

“不用，你去吧。”

“行吗?”阿丝很抱歉地说完，滑走了。她追上了藤田，和他并肩滑起来。一起滑冰的青年男女真让人羡慕啊，我一边在冰面上慢慢蹭着，一边想。

阿丝每次滑过我身边，都过来扶着我滑一会儿，还给我打气说：“你不扶着墙试试，绝对没事。”我小心翼翼地拿开手，隔着手套使劲攥住了阿丝的手。

“快点快点，藤田，你拉着右手。”

听到叫他，藤田这才来到我身边。我用力拉着两个人，虽然能走几步，可是没法一蹴脚跟滑起来，身子左歪歪右斜斜，怎么也掌握不好平衡。

“呀，我的胳膊要折了。”

我的身体太重，压得阿丝叫了起来。我一慌，又向藤田这边一倒，“哇”的一声失去了平衡，三个人一齐坐在了地上。紧紧裹在冰鞋里的脚趾甲生疼。我不想再滑了，真想一个人找个暖和的地方喝杯可可。

勤劳感谢日[①]那天，吟子有个舞蹈汇报演出，在隔一站的文化会馆。于是我邀了藤田一起去看。旧甲府街道车不多，风夹带着尘土，我们俩都没有说话。出门时我好像说了句“好冷啊”。路过贴着出租信息的不动产铺面时，我停下脚步想看一看，藤田却头也不回地快步往前走。

到了会馆，大厅里已经被明信片啦书法啦等等各种展览台占得满满的。一群画着浓浓的眼线的老太太戴着黄色花环穿过去，脂粉香气随之飘散开来。

走进演出厅，里面已经坐满了人。新盖的厅不大，设备不错。舞台上，穿着白色上衣的老太太和小学生们在演奏手铃。演奏结束后，吟子穿着紫色

① 日本国民节日之一，定在每年的十一月二十三日。

的百褶裙，和很多老年人一起登了台，和她牵手的是打着蝶形领结的芳介，两个人很相配。吟子描着深紫色眼影，自豪地挺着腰板。

音乐响起，慢舞开始了，我兴奋起来。

“跳舞不错呀。”

“嗯。”

“我也想学呢。”

“……”

“我学会了，你跟我跳好不好？”

“我不喜欢跳舞。”

看演出时，我一直握着藤田的手，一边在心里祈祷，不要让他离开我。藤田不停地打着哈欠，看到一半，他就睡着了。

“我暂时不过来了。”

吃完晚饭，在我的房间里藤田对我说。这一天终于来了。

我装着没听见，噗噗地吹着马克杯里刚沏的海带茶。

“阿知，听见了吗?”

“没听见。”

“听见了吧。”

藤田冷笑了一下，他这一笑使我寒心。他忽然变成了个陌生、可怕的人。

“我暂时不打算来了。”

“……”

“就这样吧。”

“为什么?”

“种种原因。”

“到底为什么?”

“所以说种种原因呀。”

他似乎不想再说什么了，悠然地点着了烟，像吹口哨似的吐出细细的烟。

“以后不再来了?”

“怎么说呢……”

“有喜欢的人了吧?”

“没有，不是因为这个。”

“我知道是谁。”

我抓住他的胳膊，他冷淡地坐开了一些。

“是阿丝吧？”

“不是。不知道。对不起。”

“有什么不能说的？”

我直勾勾地看着他，他避开了我的目光。

“你为什么这么简单地对待呢？”

“简单对待什么呀？”

“所有的……”

“所有的，指什么？”

“不知道。”

我无意责备他变心。我不愿意让藤田离开我，可又不知道该怎么去挽留他。我竭尽全力，只说出了“你不能这样”这句话。

他自己看样子没怎么考虑的藤田留下一句“你考虑考虑吧”，就回去了。

吟子一边看侦探片，一边织着围脖。是一条橘黄色的细密围脖。是给我织的吧？我靠在墙上，看了一会儿。

“这是给我织的？”

“什么？”

“那条围脖，给我用？”

吟子含糊地“嗯”了一声，眼镜快滑到鼻头上了。

算了，无所谓。我回自己房间去了。玻璃窗咔嗒咔嗒响了好一会儿。我感受着从窗户缝隙刮进来的风。对面的车站上看不到藤田的身影。今天来这里很可能是最后一次了，他这么一想，也就不回过头来看我了。我懒得去收拾他坐过的坐垫和嘴巴碰过的马克杯，就当这一切都没发生过吧。作为交往过的男孩子之一，应该将与藤田有关的所有一切都埋到记忆的深处去。像门楣上那些消除了个性的死去的彻罗基们一样。

能不能做到呢？我闭上眼睛问自己。太难了。我还不想让藤田走。

不知什么时候起，我生出了执著心。这种黏黏糊糊的难以驾驭的情感是该高兴呢，还是该叹息呢？

我以为只要自己满怀强烈的爱，每天坚持祈祷的话，他就一定能感受到的。

可是事实似乎并非如此。

我给藤田打电话、发短信，他都十分冷淡。我正逐渐被他从生活中排除出去。

在笹冢站的时候，他总是故意避开我的视线。阿丝还和以前一样跟我搭讪，我只能简短地应付一下。

我实在忍受不了，给他写了封信，依旧是石沉大海。

我还去了他的公寓，每次他都不在。同住的人满脸同情地将我打发走。我听见房间里有男人的笑声，其中也有藤田的。难道他就这么不想见我，以至于假装不在吗？这太伤我的心了。为了使自己清醒，我从笹冢站走了近三个小时回家，谁知反而更伤心了。

第二天晚上，接到他的电话，说他马上过来。我欣喜若狂地打扮了一番，等候他的到来。他是来还跟我借的书和CD、钥匙的。

“进来喝杯茶吧……”我站在门口，鼓足勇气邀请他。

“不了，我还要去个地方。”

“是吗……”

随着他淡然的口吻，我也不由自主淡淡地说。和心里想的相反，我表面上变得特别通情达理了。他什么都不说，但表情和距离感足以使对方明白一切都已经结束了。这一手他到底是从哪儿学来的呢？

“我去叫吟子。”

“不用了。”

“不见见吗？”

“我们也不是三个人交往啊。”

“倒也是。”

“在这个家里，觉得自己长了好多岁。”

这有什么不好？我心想，可是脸上只能不置可否地笑笑。现在说什么恐怕也改变不了什么。

“哦，你说我什么都很简单地对待，不是那样的。只是阿知——”

“不用再说了。”

我站在门口的木横档上，藤田站在低一块的玄关，还是比我高。平时我只能看到他的喉结，今天稍稍一抬眼，就能和他对视了。我多次在这个角度迎送过他。

我受不了自己制造出的沉默，不想伤感地分手，便笑着摆摆手说："再见吧。"

"再见吧。"他也说道。

"不跟你联络比较好吧？"

"可以的话。"

"那就这样吧。"

我心里却在喊叫着：不要这样，不要这样。

"保——重——啊。"我拖长了声音朝着他的后背说道。

拉门关上后，脚步声很快消失了。追上去吧，我心里想，腿却立在原地没动。

他说还要去个地方，到底要去哪儿呢？

走进起居室，吟子正坐在被炉前喝茶看电视。我在她对面一坐下，就冲她做了个怪样。

"怪吓人的。"

我若无其事地拿起报纸看起来。意识到吟子一直在看我，我就沉不住气了。

“你都听见了？”

“听见什么？”

“净装傻。”

吟子这种时候还呵呵地笑着说：“人真讨厌啊。”

“……”

“人早晚要走的。”

水开了，她起来去关火。厨房的椅子背上搭着藤田的格子长袖衫，入秋时藤田忘在这儿的，吟子冷的时候穿穿。

“这衣服怎么办？”吟子指着衣服问。

几十种回答在我脑子里闪现，最后却只说出了句“不知道”。

我躺在被炉下面，只露出个脑袋。吟子穿着绿毛线袜的脚出现在我的眼前，她把一杯 Lady Borden 冰激凌和小勺放在我的面前，说：

“吃吧。”

我连头都钻进了被炉，吃起了冰激凌。吃着吃着眼泪流了出来。抹茶味是藤田最爱吃的，他绝对不吃香草或巧克力或草莓味的。吟子故意买来这种抹茶味的，真可气，她是知道还是不知道啊。即便是吟子，早晚也得走吧，我在心里嘟哝着，同时又像承认了自己所想的，默默喊着可别走啊。现在的我只能向老人求助了，我可怜起自己来。

我不可救药了。什么时候我才能不再是一个人啊。想到这儿，蓦地一惊。我不喜欢一个人？以前自己还觉得不喜欢独处太孩子气，感觉羞耻呢。

黑子蜷缩在被炉角落里睡觉。我想起吟子说过，从前的被炉都是烧炭的，常有猫被烤死。我用脚尖不停顶着缩成一团的猫背，猫睁开眼睛，不耐烦地挪了挪身子。

吟子穿着起球的绿毛线袜的小脚就在缩成一团的我的脸前。此刻，我流出了悲伤的，不，应该是可怜自己的眼泪。

早上起来，一天无事可做，使我觉得近乎恐怖，脊背发冷，闭上眼睛想要再睡，早上的阳光又太亮了。在被窝里，想要把这种恐怖满不在乎地吞咽下去，却没能做到。我辞掉了车站小卖店的工作，是藤田最后来这里的第二天。

走进厨房，闻到一股香味。判断出是咖喱味后，哈喇子马上流出来了。

窗户射进的阳光晃眼，吟子的背影看不太清楚，只看见她正在搅拌锅里煮着的东西。她的悲伤和愤怒跑到哪儿去了呢？是不是通过说话都倾吐干净了？她说的都用光了，是真的吗？

“做什么呢？”

“咖喱。”

吟子没有回头。我站在她旁边，看着锅里煮着的东西。

“一大早就……”

“吃吗？”

“不吃。”

“真不吃？”

“我不是说过吗，不一定年轻人都爱吃咖喱……”

我连说话都没心情，话没说完就没声了。她往碟子里盛了点饭，选了几种佐料，浇上咖喱，然后对我说："再煮会儿好吃，你看着点。"说完她自己端着盘子去有被炉的屋子吃饭了。

我静静地搅拌着咖喱，隔扇那边传来吟子吃饭的声音。我的心情逐渐平静下来了，一边搅拌，一边想象自己的悲伤被不断溶化进咖喱中去。

由于无事可做，我就走着去相邻那站的图书馆看书。路上，看见公路桥上有一些涂鸦，在一排蓝色喷漆的汉字末尾，有人给添了一个饱含朝气的结句——"别以为能活下去！"

"别以为能活下去"吗？

这就是所谓灵魂的叫喊吧。

一个紧挨着憎恨和愤怒、"享受"活着这回事的年轻人形象浮现在我眼前。他大概比我年轻吧？一定也做了不少蠢事吧？

真希望像他那样活着。我进了便利店，买了块巧克力，一边啃一边走，来到公园的银杏林荫道，哗啦哗啦踢着枯叶快步走。左边小学的天蓝色栅栏那边，穿短袖短裤的孩子们尖声叫嚷着。穿紧身运动衫的老师一吹哨，立刻安静下来。

我抓住栅栏，就像个变态者似的，尽情地把脸紧贴在上面。金桂香飘了过来。排成队列的孩子们，喊着口号走起来。

真想去死啊。

我想起了和藤田一起看到的那起卧轨事件的情景，还有那块飞溅到站台上的、枫叶般鲜红的血迹。

我被车轧了的话，也会流出那样鲜红的血吗？我觉得自己似乎只能流出褐色的混浊的稠糊糊的血。

感到莫名的倦怠。自言自语都觉得累，全积存在肚子里；不同于夏天的蓝天和孩子们的细腿也懒得去看；现在走着的单调的林荫道，以及前面等待我的和老奶奶的共同生活，这所有的一切都令我感到疲惫。

头发被干燥的风刮得遮住了脸。春天剪短的头发长长了很多。季节啦、身体啦，这些无关紧要的东西总是在变。

冬天

吟子穿了件怪里怪气的连衣裙。肩宽根本不合适，腰部的蝴蝶结太靠下，让人以为里面套着一件大衣，显得臃肿不堪，就跟扫晴娘[1]长了双腿似的。

“你这什么打扮？”我冷冷地问。

“这是孕妇穿的。”

她这么一回答，我一时语塞。心想，她到底还是痴呆了啊。

“你打算怀孕？”

“哈哈，能怀上当然好了。”

“想什么哪……不可能的啦。”

“是吗？”

“孩子呀，会辜负你的。”

“这可不好说，有了孩子才知道呢。”

“那就劳驾芳介爷爷帮帮忙啦。”

芳介还是常常来。我已经拿了他三盒仁丹了。糖数一数也有十二颗了。从他那儿也只有这些东西可拿。觉着他也该快发现了，可是总没动静，大概是知道不说吧，那个爷爷。

“为什么我的恋爱长不了，吟子就不是呢？”

“这是年岁大的关系。”

“老年人就是狡猾。怎么年轻人什么好事都没有啊。”

“趁年轻多谈谈恋爱多好啊。”

“这种事，太空了。”

我每天晚上都看一遍藤田的东西。抽了一支最早拿的香烟尝尝，已经发潮了，不好抽。

院子里的杂草都枯黄了。

---

① 指挂在房檐下祈求天晴的偶人。

猫也不出去了，和我一起躺在汽油炉子旁边。

“你们什么时候死呀？”

黑子和黄毛被我一揪胡须，都厌烦地跑到厨房去了。食案上的果盘里堆满了橘子。

没有追我的人，净是离我而去的，这么一想，我就焦躁起来。

真想胡乱地弹一通钢琴。

恨不得把衣橱里的衣服全烧了。

真想把戒指和项链都从楼顶上扔下去。

真想一次连抽十支烟。

这样就能摆脱烦恼了吧。

我觉得自己永远也过不上正常的生活。得到了的东西又扔掉或被扔掉，想扔掉的东西总也扔不干净，我的人生全是由这些组成的。

和吟子待在一起的时间多起来了。最近，我把晚上的活也辞掉了。

我十一点才起来，看见吟子一边刺绣一边喝茶。最近她好像迷上了在手绢上绣小蓝花，把家里所有的手绢都翻出来，一天到晚地绣。

晚上做梦梦见和藤田去滑冰。我的手仍然离不开墙壁，他也不来帮我，我很不满，忍不住像小孩一样大叫他的名字，他还是不过来。不知为什么，冰场连着高尾山，我穿着冰鞋去爬山。冰场上的人都喊我下来，可是他们越喊叫，我越是赌气地爬着山上的小路。

醒来后，觉得两腿很沉，于是手也不洗，口也不漱，端着茶杯钻进被炉，跟吟子要了杯茶。

“我觉得活着没有意义。”我凄然地说。

“什么？意义？”

“吟子，没有意义啊。”我嘟哝着，声音小得只有自己能听见。

没有回答。

我想起了藤田，想起其他跟我好过的人，忽然不安起来。和其他人的缘分都那么不可靠。我好像做不到将其他人和自己紧紧地连结在一起。我也想尝试一个人生活。我希望能有一回，不是别人离开我，而是我离开别人。

该离开这个家了。

我真想切断一切联系，到一个没有人、什么都没有的地方从头开始。不过，在那里又会建立起新的关系吧。等自己意识到时，一切又都结束了吧。不去思考什么意义，只是不断重复下去的话，就连人生也会结束。眼前这个小老太太又重复过多少回呢？

“我想飞越。”

“什么？”

“飞到吟子的岁数去。”

“飞越？”

“就是飞越几十年，赶上吟子的岁数。”

“胡说什么。你现在是最好的时候，皮肤多光滑呀。”

她果然很在意皮肤啊。我那么向她炫耀，难怪她在意了。

“上年纪的人都这么想吗？年轻真有那么好吗？我每件事都要难过，悲观，太累了。我厌倦了。”

“这是因为年轻的时候大家都是拼命地伸出手

想要什么，到了我这个岁数，想伸手要的越来越少了。”

我隐约看见吟子正绣着一朵有着黄色雌蕊的蓝花。她不停地活动着指尖。

“舅姥姥，您觉得幸福吧？”

“呵呵，知寿这么看？”

“是啊。年轻人一点儿都不幸福。”

“不过，也有过幸福的时候吧？”

“没有。”

“好好想想看。”

“就算想起来，快乐也不会回来呀。”

“不会的。坚持下去的话，会回来的。”

吟子收拾好蓝色的线，用指尖把绣好的地方轻轻抻开，举到了脸前。

“绣得怎么样？”

透过白色花边的手绢能看见她的脸，就像盖在死人脸上的白布。

时常打电话来的钟点工派遣公司那边我也解了

约，开始去池袋一家公司打工做事务工作。新地方是租售净水器的公司。周一至周五早九点一直干到晚五点。

我的工作是将净水器的宣传手册装进信封，一个一个地确认顾客名单。我边干边想象着以后会遇到的最坏的情况。大地震，大火灾，瓦斯泄漏。吟子死了。妈妈死了。没钱了。没衣服穿了。无家可归了。没有恋人、没有朋友、没有自己的房子。可以依靠的只有自己的心和身体，可就连这些也不能完全相信了。即便如此，也得自己一个人想办法活下去。

装完信，看着面前高高的一堆信封，成就感油然而生。也可以说痛快淋漓，因为觉得自己做了工作了。

我的工作服是粉红色马甲配上灰色的裙子，典型的OL打扮，土气得很。工作很轻松，三点的加餐却很奢侈，我胖了几公斤。早晨很冷，不想从被窝里出来，只好削减穿着打扮的时间，草草化个妆，也不戴隐形，换上了框架眼镜。

我变得越来越不可爱了。

每次在公司的厕所里照镜子，都会苦恼地想："我怎么变成这样了。"

每天都是冷风嗖嗖。一下班，我就把自己包裹在围巾、帽子和手套里，很快回家。以往每年都盼望的圣诞彩灯，现在也不再觉得兴奋，就让那些快乐的人尽管去快乐去吧。

圣诞夜是加上芳介三个人过的。其实也就是吃块蛋糕而已。没有任何节日装饰，也没有互赠礼物，这些都和这个家庭无缘。芳介今天的穿着虽然不及舞蹈汇报演出那次，不过还算讲究。他今天穿了一件粗花呢外套，脖子上围着一条很眼熟的橘黄色围脖，一向蓬乱的白发也梳得服服帖帖，还系了条领带。这时我才注意到吟子也打扮得挺漂亮，穿了件有点掐腰的羊毛连衣裙。我穿的是牛仔裤跟和服外衣，觉得也该打扮得好看点，就回了自己房间。对着镜子试了几件衣服后，来了精神，居然久违地描了眼线，然后到他们面前亮相。

“哎呀，真漂亮啊。”

“真的？”

我穿着发亮的驼色连衣裙。这是表哥结婚时买的。头发绾了上去，还戴了条珍珠项链。

“到底是年轻人，适合这种亮色。”芳介眯着眼睛看着我说。

“适合我吗？”

我在他面前转了个圈。

“很合适啊。”

“谢谢。”

打扮得漂漂亮亮的三个人，像往常一样围着被炉吃完饭，静静地吃圣诞蛋糕。

藤田现在在干什么呢？正和戴着三角帽的阿丝一起高兴地开圣诞派对吧。这情景这么清晰地浮现脑际，连自己都没有想到。满嘴的鲜奶油顿时变得苦涩了。

“我们打算去旅行。”吟子用叉子戳了块蛋糕说道。

“啊？”

“我和芳介一起去。知寿也去吧？”

“我么……去哪儿？”

脑子里戴着三角帽的两个人依然挥之不去。

“小名浜。”

“哪儿？”

“福岛的海滨城市。”

“那儿冷吧。算了，我看家吧。”

“明年才去呢。早着呢。”

“再说我还有工作。不用管我了，你们自己去好了。”

大概吟子想以她特有的方式表达对我的关切吧。或许在她眼里我还没有从失恋中恢复过来。不过，我会一点点地来习惯这种状态的。其实已经这样重复过多次了。即便现在对藤田的感觉和其他男孩子有多么不一样，但从这种难以自拔的状态中不知不觉恢复过来的过程，到头来都是千篇一律的。

年底的时候，妈妈又回来了。

这次是直接从大门进来的。她也不想想自己的年纪，居然穿着雪白的大衣，不过气色不错，容光焕发的。

“嗨！”

我坐在被炉前切鱿鱼片，妈妈看见我，摆了下手。

“你怎么这副模样。这么年轻，得打扮得漂亮点儿呀。”

“我愿意这样。”

今天休息，所以我还穿着睡衣。起床后也没照过镜子。摸摸一直没有修剪的头发，右边的发梢翘起来了。嘴角还残留着哈喇子的痕迹，用指甲一抠，白渣掉到了食案上。

吟子正在厨房炒海蜒。

妈妈这次也在新宿预订了饭店。住四个晚上，过了年，三日回中国去。新年把吟子一个人丢在家里，有点对不住，可是丢下妈妈一个人也很可怜。我跟妈妈说，住吟子家不就都解决了吗，她就是不愿意。也许很久以前的歉疚感还在作祟吧。

和妈妈上次夏天回来时一样，这次饭店咖啡厅也有糕点自助餐。我在巧克力自取机下面浇了下草莓，妈妈也跟我学。

“这个挺好玩儿。”

“嗯。”

“那个，告诉你个事，我有可能结婚。”妈妈用钢签子扎了五个草莓，突然说道。

“什么？”

我停下了手。

“我有可能结婚。”妈妈毫无表情地说到这儿，将草莓串插进巧克力瀑布下面去。

“跟谁？”

“跟那边的人。”

我不知怎么想起了夏天见面时妈妈的指甲。看了一眼她的指甲，今天也涂着浅驼色的指甲油。我想，怎么也得先表个态。

“那就恭喜啦。”

“恭喜什么呀？”

“这不挺好的？”

“挺好？”

“你都到这年纪了，用不着请示我呀。”

“是吗？那就多包涵啦。”

妈妈把浇满了巧克力的草莓放在碟子上，又扎了一串半月形的白兰瓜递给我。我接过来，去浇巧克力。我想象着，妈妈做了中国人的妻子，会成什么样呢？我只想象得出妈妈煎饺子时的样子。

“你得变成李瑞枝或者张瑞枝啦……”

“不会的。”

“为什么？”

“是对方想跟我结婚，我不想结。”

“真的？怎么回事？结了得了。”

“种种原因吧。工作又忙，也许早晚要结，但不是现在。怎么，吓一跳？”

“没有啊。你别老装模作样，人家该跑了。”

“不会跑的。”妈妈笑了几声，接着说，“不过，话说回来，中国也挺好的，能丰富见识。你要是还想去的话……”

“不去。就待在日本。”

“那可真是名副其实的母女分离哟。”

“说的没错。哈哈哈。”

“真的没关系？”

“没关系”是什么意思？某种说不清是悲伤还是欢喜的情绪涌上心头。我想现在就离开妈妈的身边。当我专注地盯着不停流淌的巧克力时，发现妈妈在窥视我，只好迎着她的目光，说：

“没关系呀……”

妈妈还在等我回答，我又大声地说了一遍：“没关系呀。”

我端着一盘水果，快步回到桌子旁。开始吃的时候，妈妈还在巧克力瀑布前呢。既然不想结婚，干吗还提起再婚这个话题呢？我那么反应合适不合适呢？

妈妈终于端了满满一盘各色蛋糕回到座位上来了。她什么也没说，分了一半给我，脸上露出满足的表情。我眼角的余光感受到她一边拿叉子戳着自己的盘子，一边不时偷偷瞅着女儿的脸色。

回到房间，妈妈递给我一个精美的包装盒，说是圣诞礼物。打开一看是只毛绒熊。

“谢谢。”

说心里话，不怎么太高兴。毛绒熊可爱是可爱，但既然送礼物，我想要戒指啦、项链啦、手镜等等小巧精致一点的东西。

“压岁钱呢？”

我刚一伸手，就被妈妈扒拉一边去了。

“说什么哪。都多大了。”

既然是大人了，怎么还给我毛绒玩具呀。我抱着熊，翻着自己的包，拿出一个小盒子，放在妈妈的床上。

“这是什么？”

“送你的。”

“真的……”

妈妈高兴地打开小盒子。千万别失望啊。我透过镜子观察着。

“好漂亮啊。”

妈妈立刻把手镯戴到了手腕上。

“喜欢吗？”

“喜欢。谢谢。你长大了。”

“是啊，是啊，当然长大了。”

“看不看照片，王先生的？”

“王先生是谁？”

“那个想跟我结婚的人。”

她从坤包里拿出三张照片，一张是王先生，一张是妈妈和王先生，第三张是妈妈和王先生和一个小女孩。王先生戴着眼镜，面容很和善。

“这孩子是谁呀？”我指着妈妈抱着的笑容满面的女孩问道。

“是王先生的女儿。她的名字日语读‘keika’。”

“拖油瓶啊。”

“很可爱的，她说想来日本。”

我仔细看着这个将来可能成为我妹妹的女孩。我居然会有个中国妹妹呀。我们会互相教日语和中文吧。

抬头一看，妈妈的表情就像生日宴会上的主角。我觉得连结自己和妈妈之间的线“噗哧”一声断了。这样下去，只要她的负担逐渐加重，我所占的分量就会越来越轻，直至消失。

我把照片还给她，走到窗边，本想看看映在窗玻璃上的自己，却发觉自己的目光在追逐着远处歌舞伎町的一盏盏霓虹灯。

除夕晚上，我给吟子打了个电话，想跟她说句对一年来的关照表示感谢的话。我故意拿着架子挨到晚上十点多才打，她好像已经睡了，响了十声后，我挂断了。她可能去了芳介家，那样倒好了。

“嗨，吟子没有再婚吗?”

“不清楚。”

妈妈很放松，在床上做着美容操，又是咧嘴，又是扭腰的。

“她丈夫死了以后，一直一个人住在那儿吗?”

“你刚出生的时候，我去看过她，那时候，她和一个长得很不错的男人一起生活呢。我以为她再婚了，后来听说没有。你自己问问她不就知道了?”

“现在不太好问了。”

“我跟她没什么来往，所以对她不太了解。不过人挺好的吧?”

“嗯，人是挺好的。”

“什么意思？”

“有点儿怪怪的。”

“反正你们俩都怪怪的，正合适啊。”

“我担心她会痴呆。”

“她已经有点儿不正常了，你没发觉？”

“哪儿不正常？还没呢。目前还问题不大。”

难道她给外人这种印象？起码在我看来，吟子的脑子还相当地清楚。

过了年，我又打了个电话，响了半天没人接。真的去了芳介家吗？我还是不放心，元旦中午，悄悄回去看了看，心里一边祈祷，千万别躺倒在浴室里什么的。

刚一打开门，两只猫跑了出来，一个劲地冲我喵喵叫。吟子大概没有过整晚不在家的时候，猫盘子里堆满了猫粮，周边还撒了不少。门口没有吟子常穿的深蓝色鞋子。保险起见，我还是一边叫着“吟子”，一边把各个房间转了一遍。

一月三日傍晚，我们俩新年第一次见了面。

“新年好。今年也请多多关照。”

吟子低低地鞠了一躬。我也赶紧鞠了一躬。她还在大围裙里面穿着那件肥大的连衣裙。

“这连衣裙好像又舒服，又松快，又暖和。”

“这个？真的呢，不错吧。”

“压岁钱呢?”

我不抱希望地伸出手去，意外地收获了一个小袋子，上面有骑自行车的米菲。

“哇，太好了。”

“去年给你添麻烦了，请收下吧。”

“谢谢。没想到会给我。”

趁吟子起来去沏茶时，我打开小袋看了看里面，只有一千日元。

我没有说打电话和来家里找过她的事。她没主动提怎么过的除夕，大概是不想让别人知道吧。

过年后上班的第一天，被上司叫过去。头发花白的上司桌子上，放着个敦实的镜饼①，超市里卖

① 日本民间正月供神用的圆形年糕。

的很便宜的那种。我赶紧赞美了一句“真可爱”。聊了几句怎么过的年之类的家常话后，他停顿了一下，然后小声地问我：“你想不想当正式职员？”

“您问我吗？”

“是啊。最近有人事变动，再说三田干得也很不错。”

“正式职员吗？”

“嗯。你考虑考虑好吗？职工宿舍好像空出房间了，愿意的话，也可以搬去住。”

“好，我考虑一下。”

我回答道。怎么办呢？难道说我终于有着落了吗？从四月份开始辛辛苦苦地干到现在，才存了三十五万。来东京都快一年了，离一百万的目标还差老远。当了正式职员，挣得比现在要多吧。我存钱并没有什么具体目的，对我而言，最有现实意义的目标，就是存款一百万这个具体的数字。

当我开始认真考虑是否搬出这个家时，又觉得有点对不住吟子了。这就叫做情分吧。再说，好容易才熟悉了，又何必自己要走呢。

“职工宿舍怎么样啊？”

中午吃饭的时候，我问安藤。公司没有职工食堂，一般是去便利店买来吃的，到屋顶的吸烟室去吃。天气好的时候也试过去外面吃，可是常常冷得缩回屋子里。

“宿舍吗？从这儿不用倒车，就一趟电车，很舒服的。三田，你是从调布那边来上班吧？”

“很舒服吗……”

“是啊。而且又便宜，又干净。”

“又便宜，又干净？”

“你怎么忽然问这个呀？”

“随便问问。”

“这么说你要当正式职员了？猜对了吧？咱们这个部门这个月有两个人辞职呢。你要是愿意的话，真是太好了！”

“好吗？正式职员？”

“当然好了。不然，你的保险怎么办？现在看病可贵了。”

“什么保险？”

吃完意粉正在收拾餐具的安藤停下手，吃惊地望着我，他的嘴唇上沾着橘红色的沙司。

“哟，你不知道？没有保险，上医院的话，多贵的医疗费都得自己掏。”

“就这些吗？”

我用便利店给的湿巾轻轻擦着自己的嘴角。

“不太清楚，大概不止这些吧。”

“正式职员能存下钱吗？”

“怎么说呢，咱们公司不太景气，别抱太大希望。不过，住宿舍的话也能存点儿。”

这么说我也要正式成为OL了？也要成为一个每月按时缴纳居民税、年金和保险费的公民，堂堂正正地步入社会了？

“Office Lady吗？”

“你不愿意？”旁边喷云吐雾的安藤问道。

当大商厦挂出情人节的条幅时，吟子说她要去买巧克力。

“什么？送给芳介爷爷吗？”

“是啊。”

“给老爷爷送巧克力呀。嗯，嗯，不错呀。”

“知寿陪我去买好吗？舅姥姥不知道买什么样的好。”

“我也不会买啊。”

“年轻人比我们会买东西。”

“老年人最了解老年人啊。”

到了星期日，我们去了新宿的商厦。

吟子身穿淡紫色的套裙，脚上穿了双奶油色的浅口鞋，白发拢到脖颈处绾了个髻，看上去是个挺端庄可爱的老太太。

电车在笹冢站停车时，我忙低下头。说一千道一万，我还是没有勇气毫无顾忌地环视车站。我不想看见藤田和阿丝。有多长时间没见了？他们还记得我吗？

开出笹冢站，我才抬起头来。对面玻璃上映出我和吟子。打扮得漂漂亮亮的吟子闭着眼睛在打盹。她这岁数还送巧克力，够棒的。电车猛地晃动了一下，吟子猛一抬头，随后又闭上了眼睛。“困了?”我问她，她没有回答。

我以后也能像她那样吗?到了七十岁还爱打扮，住在属于自己的小房子里，情人节去买巧克力。我能过上这样的生活吗?

在商场的最高一层，开辟了一个巧克力专卖场，挤满了女人。一下电梯，吟子就站住了。

“这得挤死我。”

“走吧。好容易来了。”

“知寿，你先去看看，我在这附近等你。”

“为什么呀?”

“舅姥姥怕挤。”

吟子去看电梯旁边的散装巧克力去了。奇怪的是只有那边人少。我挤进卖场里面去，大致品尝了一圈后，急忙返回吟子待的地方，看见她正坐在电梯旁的椅子上呢。老年人就是这样来确保自己的位置吗?不由有些泄气。我叫了她一声，她说“辛苦了”，啪啪地拍着我的肩膀。她的手又轻又软，我觉得不可思议，她是怎么靠着这双手独力支撑到今天的呀?

我带着吟子到入口附近的一个柜台去，是我刚才看好的。

“这个怎么样？据说这是维也纳王室专卖的，很拿得出手的。”

“真漂亮。嗯，这个不错。就买这个吧，还有猫呢。”

吟子立即拍了板。她指的是盒里那几片薄薄的巧克力拼成的天蓝色的猫。

吟子要递钱给卖巧克力的女店员，我拽着她的衣袖去收款台交。手里拿着巧克力小盒子的女孩排成了长队。一个跟一个地一声不响地排着。我已经决定离开家了。我看着前面吟子的头顶，心里想着，得找时间跟她说了，怎么说好呢？

“吟子。”

她正在当当地切着胡萝卜。桌上放着另一个已打开的天蓝色盒子包装的巧克力，这不是给芳介买的那个。我支着脸，一边吃巧克力，一边看着吟子的背影。真想穿一次那件大围裙，照一张照片，等五十年以后再看。

“吟子。”

“什么事?”

“我要搬出去了。”

“什么时候?”

“下周。搬到职工宿舍去。”

“这么突然哪。说走就走啊。”吟子在大围裙上擦擦手，回头笑着说。

“对不起。”

“不用。有什么可道歉的呀。”

“可也是啊。”

“一个人生活，很不错的。”吟子一边往沙锅里摆放胡萝卜，一边说道，“趁着年轻，要离开家自己过。”

我默默地听着。

“要在年轻的时候吃些苦头啊。”

玄关响起了门铃声，今天是芳介来的日子。现在已经不用出去迎接他了。

这“苦头”会在什么时候，怎样来临呢？我想问问吟子。还希望她告诉我，一个人该怎样来承受。

芳介突然出现在厨房里，点点头说了声“好啊”。吟子帮他脱下大衣，掸了掸土，挂在衣架上。我和她已经没有一点距离感了。其实不用走也行吧。我也不怎么想走，可是如果现在放弃一个人过的打算，我就会总是依赖这里，糊里糊涂过一辈子的。

离开家的前一天，正好快到我的生日了，吟子给我做了寿司盖饭。吟子搅拌醋饭的时候，我在她的斜上方给她扇扇子。

“做寿司盖饭，是因为知寿的‘寿’字和寿司的‘寿’是一个字。”

“你知道我为什么叫这名字?”

“不知道呀。”

“据说是靠自己的知识得到长寿的意思。”

“好名字啊。”

“可是我还什么知识都没有哪。”

“是吗?”

“嗯，什么都没有。哦，对了，到这儿来以后，学会了把锅盖倒过来的话，上面还能放一个锅。”

“挺好的啊。”

“还有，知道了人会变的。我原来是不希望变的。那么，希望变的话，就不会变了吧。我想增加这样反着看问题的知识。”

“这不可能啊。”

吟子示意我不用扇了，开始准备蛋丝和樱花鱼糕。

甜点是三袋量的一大盘我喜欢吃的魔芋果冻。一想到是在这儿最后一次吃晚饭，不觉悲从中来。我一个接一个地往嘴里塞着果冻，大嚼着，好摆脱这种情绪。

饭后，我邀吟子去散步，她跟着我出来了。我们朝与车站反方向的超市走去。

“我最不喜欢冬天了。太冷了。一觉得冷，就更不能对人家和气了。”

“知寿很和善啊。”

“不和善。天生就古怪。”

“和芳介一块儿去高尾山吧？去吃荞麦面。我们推迟去小名浜了。”

“推迟了？那，高尾山吗……”

“知寿愿意的话。”

“不是我们两个人吧？吟子也去吧？”

“那当然了。”

“那我也去吧。秋天倒是去过的，不过，就这么定了。”

“好的，好的。”

真的要我一起去吗？以后我们怎么联系呢？职工宿舍在东武东上线的瑞穗台站。从这边要倒两次电车才能到。不爱出门的吟子肯定懒得去。

我们没什么特别要买的东西，在亮得晃眼的超市里慢慢地转着。我翻翻牛仔裤的兜，只有那个皱巴巴的米菲袋。吟子没有带钱包，我得意地把它拿出来，对她说，就把这一千花了。我们仔细地看着一排排的商品，放进筐里又拿出来，就这么拿来拿去的。

走到摆放香蕉的地方，吟子好像在想什么。她怎样想事？想什么事呢？我们之间的了解很有限。我看不到她以后是否会变得狠毒、卑鄙；她也不会知道我会变得更加不可理喻吧。这样的交往好不好呢？我不知道。应该有那种更加长久的关系吧。没有人告诉我可以不可以的话，我就总觉得不安。就连从一堆香蕉中挑选一串，一直到吃完之后，我大概还在琢磨买得合算不合算吧。

想到这些，我觉得应该把一切都倾吐出来。自己的恶作剧、空虚感、不安，这一年拿了几个也许是你的宝贝的东西等等所有这些。她听了会怎么想呢？真想问问看。

“我想吃草莓。”吟子小声说道。

“什么？”

“嗯，不要香蕉，还是草莓吧。”

吟子快步朝着靠近入口的草莓货架走去。我追了上去，看见她把最外面的一盒草莓放进了筐里。

回到家，我们在檐廊上吃起了草莓、豆奶和花生酱夹心面包、罐装羊羹。天冷，两人都裹着毛毯。空荡荡的电车像往常一样轰隆隆飞驰而过。每当寒风刮来时，两人都说进屋去吧，却都不动弹。我本想说句感谢的话，却问了别的。

“那些彻罗基的照片要是绕墙挂满一圈怎么办？分上下两排？现在最多只能挂十张左右了。”

“没等挂满我就死了。”

是啊，她没有多少年可活了，我很明白。对她这个年纪的人，我也不能轻易说你肯定能长寿这样的恭维话。

“你死了，这房子怎么处理？”

“想要就给你吧。”

“不给你的亲戚吗，兄弟什么的？”

“不给他们，他们都住得很远。”

“那我就不客气了。我要把这个院子变成神秘花园。”

“那些猫的照片可别扔了啊。也不要放我的棺材里。”

我想象着在那些猫的照片边上挂上吟子的遗像的画面。早晚吟子也会成为没了名字的死者中的一员，失去个性吧。谁也不会再谈起她，她吃过什么穿过什么，这些日常琐事就像原本不存在似的，会消失得无影无踪。

刚才就一直感觉吟子在看我，我装不知道，吃着草莓，一边往院子里扔着吃剩的蒂。“好冷。”吟子说着裹紧了毛毯。

吃的东西、可说的话都没有了，“放洗澡水去，”我说着站了起来。这一瞬间，我看见吟子的眼睛是湿润的，也许是冻的吧。不管什么时候，事先预定的别离总是比突然的别离更难。

“别哭啊。”我说完就跑去了浴室。

那天晚上，我在摆满了打好的行李包的房间里，打开了那个鞋盒子。

近来，鞋盒子里的小物件已经不再给我以安慰了，只能引起我的回忆，只能帮助我独自一人品味那些酸甜苦辣的回忆。然而我还是不能够扔掉它们。它们一直陪伴了我很多年。我举起鞋盒子摇了摇，里面的破烂发出干巴巴的哗啦哗啦声。

我拿出俄罗斯套娃、绿平绒小盒子和掉了脑袋的木偶，去了吟子的房间。夜里偷偷去她的房间，这是第三次。我已经知道怎么拉隔扇没有声音，榻榻米踩哪儿不会出声。我憋着气，把手里拿着的东西一一放回原来的位置。

本打算至少拿一样什么小东西留作纪念，选来选去又觉得什么都不想要了。

我坐在吟子的枕边，心想，这个小老太太，要是不再悲伤和空虚该多好，可是不可能呀。她以为都用光了，可是悲伤和空虚是无穷尽的呀。

“回去睡觉。”

吓得我“哇”地叫起来。

“你醒着哪?”

“是啊。”

“从哪次开始?”

“从第一次。”

“……”

“从你最早来拿那个木偶那次，我就知道。老年人睡觉浅。”她闭着眼睛说道。

“果然醒了呀。我早猜到了。东西刚才都放回去了。”

“欺负老年人哪。”

“是的。”

“傻孩子。”

“是很傻。”

“你不拿我也会给你的。”

“可我不想要。”

吟子听了，睁开眼睛笑了笑。

“吟子。”

“干吗?”

“我这么下去行吗?”

吟子没有回答。她静静地看着我，像落笔画画一样，从脸到肩到胸到脚，依次扫视着我的全身，目光所到之处，都仿佛被染上了一层淡淡的色泽。

我又问了一遍同样的问题。

“我可不知道啊。”

吟子静静地微微一笑，翻过身去，背朝我躺着。

“吟子，外面的世界很残酷吧。我这样的人会很快堕落的吧？”

“世界不分内外的呀。这世界只有一个。”

吟子断然地说。我第一次见到说话这样斩钉截铁的吟子。我在脑子里一遍一遍回味着这句话，愈加感觉自己太无知、太软弱了。

“喂，我走了以后，你会挂我的照片吗？”

“你又不是猫。”

“挂上吧。”

“又没有死，不能挂。”

“可是，不挂上的话，该把我忘了吧。”

“回忆不在照片里呀。”

吟子往上拉了拉被子，遮住了一半脸。

我没有确认她睡着还是没睡着，就回到自己的房间去了。我把鞋盒子里的东西全都倒在被子上，坐在椅子上出神地望着它们。好了，就这样吧，我把椅子推到墙边，站了上去，右手拿着鞋盒子，把里面的东西一样样分别塞进彻罗基们的镜框后面去。体育帽、花头绳、红圆珠笔、头发、烟、仁丹，所有的。

我把空鞋盒子全都拆开，叠起来，捆好，扔到厨房的废报纸上面，然后靠在洗碗池边上，朝厨房对面的起居室望去：离开这里也和来这里的时候一样，没有真实的感觉。

我从地板下面取出梅子酒，喝了三杯后睡了。快睡着之前，随着一阵窗户的振动，听见了电车驶进站台的声音。

迎接春天

走出大门的时候，我老是觉得忘了什么东西。现在既不用说“我走了”，也不用说“我回来了”，也难怪，和吟子一起住的时候也没说过。

真的一个人生活的时候，才开始意识到这些了。

我每天早上一起床，先喝杯水壶里的凉白开，然后洗脸，烤面包，穿好衣服化好妆去公司上班。天天这样重复着。在厨房洗东西时，我经常和拖鞋上的四只米菲视线相交。剩下的菜我爱用盘子盖上，而不用保鲜膜。熟沙丁鱼干汤汁做多少遍也不好喝。

晚上越来越觉得寂寞起来，实在忍受不了时，就想着给吟子写信。可是，每次都只写了“敬启者，荻野吟子女士”，就写不下去了。我实在想不出像样的词句来，干脆在信纸的一角画上黑子和黄毛，心情才好一些。

隔壁住着一个同岁的女孩子。星期三下了班，我经常和她一起去看电影。她在别的部门工作，早上打扫卫生时，我们经常互相借抹布用，就好起来了。中午和安藤一起吃饭，下班后有时也和同部门同事去喝酒。一个办公室里的人都管我叫“小三田”。

等着复印时，排在前边的营业部的佐佐木跟我打招呼说：“哟，小三田，摘了眼镜啦?”

“是的，摘啦。”

“你戴眼镜挺好看的。”

“春天快到了。”

“嚯，春情萌动啊。”

“是啊。”

就这样，我不断地更换认识的人，也不断地使自己进入不认识的人们之中去。我既不悲观，也不乐观，只是每天早上睁开眼睛迎接新的一天，一个人努力过下去。

到了二月中旬，有时候严寒稍稍减弱一些，这样的日子，我一整天心情都特别好。我会冲个澡，刮去腋毛，抹上很香的乳液去上班。而且还有了个意中人。刚搬来时，安藤带我去别的部门的酒会上认识的，他已经结婚了，是我没接触过的类型。这段恋情顺利的话，即是所谓“不伦之恋”吧。我们交换了联络方式后，趁着酒劲儿，拉着手走到车站。他约我下个周日一起去吃饭，看赛马。可能他对我也有意思吧。无论我怎么着急，怎么担心，怎么期待，也只能顺其自然。

还不能像和藤田好时那样，想要看见他或想和他在一起。我感觉自己已经不会再那样热烈地去爱了。不过，努力的话，感觉还是可以很接近那种感情。

工作的间隙，偶尔抬起头，发现他在远远地看我。心里虽想叫他好好工作呀，可感觉还不错。

虽然不会有结果，虽然结局明摆着，但是不管怎么说，开始总是自由的。眼看快到春天了，多少有点不负责任，也可以原谅吧。

星期日，开往东京的东上线很挤。

按照约定，我和那个已婚者去看赛马。

我把头发散开，化了妆，虽说还穿着冬装，身体却觉得格外轻盈。我上了第一节车厢，贴近司机背后的玻璃，眺望窗外的风景。

向前伸展的铁路仿佛没有尽头。沿线路过的住宅，就像约好了似的，每家的露台上都晾晒着被褥。前方公园的一角，开着白色的梅花。

电车来到了柳濑川大桥。岸边，樱花行道树还伸展着秃秃的褐色细枝桠。再过一个月，樱花盛开时，我会从拥挤的车厢里欣赏它们吧。到时候我要戴着手表、穿着正式的浅口鞋、背着黑皮包。车窗外，一个牵着褐色狗的男孩子，在沿着灰色的水泥墙跑。

约好十一点在府中站的检票口见面。

从池袋换乘埼京线，在新宿换乘京王线，我坐上了站站停慢车最前面的车厢。

电车到了地上，缓缓进入笹冢站的站台。熟悉的景象一一流过。大概是去参加考试吧，一帮晒得黑黑的女孩子背着球拍，围在那个小卖店周围。站在那里的协理员们我都不认识。藤田、阿丝、一条也没有看到。电车门开了，我走到站台上环顾四周。位于中央的小卖店太远，看不清谁在里面。

再次开动的电车，驶过外面熟悉的风景。车厢里空座位很多，我靠门站着，坐在旁边的小女孩好奇地看着我。

广播报出了吟子家那站，我更加贴近了门玻璃。随着电车放慢车速，隔着对面的站台，我看见了那棵高高的金桂树。

那座房子还在那里。

篱笆墙还是那样参差不齐的，晾衣竿上晾着大围裙和浴巾。再往那边，从这里只能看见半个窗户，玻璃反射着阳光，闪闪发亮。我寻找着里面吟子的身影。

从电车里面望去，那些景物就像布景般静止不动。对于在那里感受过的生活气息和手感，我已经没有了亲切感。我甚至想不起来在吟子家住是多久以前的事了。即使我走到站台上大喊一声“喂”，这声音要传到那个院子里，也仿佛需要好几年。

发车的铃声响了，车门在我背后关上了。

电车开动之后，我仍旧额头贴着玻璃，望着那座房子渐渐远去，直到看不见房顶上闪着银色亮光的天线，我才靠着门闭了会儿眼睛。

车身剧烈摇晃了一下，女孩尖叫了一声，笑了。

我朝她看去，只见她脱了鞋站到座位上要去开窗户。旁边的妈妈不耐烦地一边训斥一边帮她。风从好容易打开的窗户刮了进来，女孩的马尾辫随风摇动，蓝色的裙摆也掀了起来。

电车载着我，飞速朝有个人等着我的车站驶去。